김남숙

1993년 출생.

2015년 문학동네 신인상에 당선되어

작품 활동을 시작했다. 소설집 『아이젠』이 있다.

표지 그림 Josef Čapek ‹I Had a Dog and a Cat(Pl 21)›(1928)
디자인 이지선

가만한 지옥에서 산다는 것

가만한 지옥에서 산다는 것

김남숙
에세이

민음사

차례

1부

준코

새해가 밝은 지 세 달이 훌쩍 넘었다. 하지만 나는 여전히 새해 인사를 하듯이 술을 퍼마시고 사람들을 만난다. 나는 새해 인간이다. 여전히 술을 퍼마시니까, 그건 새해 인간이다. 1월 마지막까지는 술 먹기 전에 늘 새해 복 많이 받으세요, 라는 말을 달고 다녔다. 하지만 새해는 벌써 세 달도 훨씬 넘게 지났다. 이제 더는 새해가 아닌데, 나도 잘 아는데, 나는 여전히 새해에 있는 것 같다. 올해의 속도를 따라가기가 힘들다. 아무래도 새해에 뭔가를 잃어버린 탓이 크다. 나는 신용 카드, 체크 카드, 지갑, 하다못해 가방도 통째로 잃어버린다. 하지만 이번에는 조금 달랐다.

나는 새해에 사람을 하나 잃어버렸다. 착하고 순하고 웃을 때 예쁜 사람이었는데, 나는 그와 헤어졌다. 동네가 어느 정도 같으니까 우연이라도 지나가다가 한 번쯤은 볼 수도 있으리라고 생각했는데, 나는 그를 한 번도 본 적이 없다. 우리는 꼬박 3년 넘게 만났고 단숨에 헤어졌다. 서로의 강아지를 죽도록 예뻐해 줬는데. 그 사람의 강아지가 보고 싶어서 새해 인간처럼 술을 마셨다. 그리고 술을 마시고 노래방에 가는 일이 기본값이 되었다.

올해는 새해를 준코에서 보냈다. 술을 마시면, 그러니까 일주일에 두 번 정도는 준코에 갔다. 올해 들어 내 친구 같은 선배는 나에게 어디냐고 잘 묻지 않았다. 대신 준코냐고 물어보곤 했다. 지금 준코야? 또 준코? 준코 갔어? 라고 물어보았다. 그러면 나는 예, 거기요, 라고 말했다. 나는 노래를 못 부른다. 아니, 안 부른다. 하지만 술을 마시면 노래방에 가게 되니까, 그렇게 술을 마시면서 노래를 부를 수 있는 준코를 주야장천 찾았다.

준코에 가면 술을 준다, 노래를 부를 수 있다, 라면을 준다, 팥빙수를 준다, 그 밖에도 가끔 거기서 기절하듯 두 시간을 자고 나와서 또 술을 마시기도 한다. 내가 준코에서 만난 사람들만 해도 두세 달 사이 꽤 많았다. 다 처음 보거나 잘 알지 못하는 사람들이었다. 그중에는 지금 알 것 같은 사람이 된 이들도 있고, 이후로 다시 보지 않은 이들도 있다. 가장 기억에 남는 사람을 말하자면, 중국인인 덕의 언니다. 내가 언니를 보고 처음 이름을 물었을 때, 그 언니는 윤덕의, 라고 이름만 짧게 말하고, 내 이름을 묻지 않았다. 그래서 나는 언니가 좋았다. 질문하지 않는 언니가 좋았다. 질문은 가끔 사람들 사이에 선을 그어 놓기도 하고 대답을 강요하기도 하고, 여하튼 귀찮은 것이니까.

나는 질문하지 않는 언니가 좋아서 언니에게 맥주를 따라 주고, 언니 앞에서 이소라 노래도 불렀다. 언니 표정이 구겨진 것 같았지만 그래도 좋았다. 나는 그때 취했고, 이소라의 똑같은 노래를 두 번이나 열창했다. 음정 박자가 엉망이었지만 취했기에 하나도 안 쪽팔렸다.

노래가 끝나면 어김없이 맥주를 마시고 담배를 태웠다. 몸이 녹아 버릴 듯 피곤했지만 기분이 좋았다. 정확하게 말하자면 시간이 잘 가는 것 같아서 기분이 좋았다. 새해에 접어들고 취하지 않으면 하루를 버티는 일이 버겁게 느껴졌다. 누군가 이별은 육체적인 단어라고 했는데, 진짜 그 말이 맞네. 그 사람은 천재인가. 천재 작가인가. 이별의 노사인가. 그럼 나는 뭐지? 나는 그냥 취한 사람, 새해 인간……. 그런 생각을 막 하고 있는데, 덕의 언니가 한국인 남편과 집으로 가 버렸다. 조금만 더 있다가 가지.

한국말을 누구보다 조곤조곤 잘하는 덕의 언니, 침착한

덕의 언니. 「첨밀밀」을 부르던 덕의 언니. 나는 언니가
좋은데 한국인 남편이 덕의 언니를 빨리 데려가는 바람에
다시 슬퍼질 것 같았다. 아니, 아니다. 언니네 집에 기르는
강아지나 고양이가 기다리고 있다면 잘한 일일지도 모르지.
덕의 언니도 언니가 기르는 강아지나 고양이가 보고
싶을지도 모르니까. 착하고 순하고 웃을 때 예쁘고.

　새해가 석 달하고도 이십칠 일이 지났을 때, 나는 덕의
언니가 남편과 사라진 장소에서 새로 사귄 중국인 친구와
둘이서 맥주를 연달아 주문했다. 왜 이렇게 술을 마시니, 왜
이렇게 술을 죽도록 마시니, 라고 혼자 생각하면서 테라를
단숨에 들이켰다. 테라는 목이 따가워, 테라는 시원해, 라고
속으로 생각하면서 웃었다. 걔네 강아지 보고 싶다. 진짜
미친 듯이 보고 싶다. 나는 그 사람이 기르는 강아지 이름을
속으로 부르면서 웃다가 입술을 욱일 만큼 슬퍼졌다. 그러다
어느 순간 취해 웃는 내 모습이 징그러워서 친구를 혼자
남겨 둔 채 집으로 홀연히 사라지고 싶었지만, 차마 그러지는
못했다. 그때 집에 갔어야 했는데, 그러면 좀 덜 쓸쓸할 텐데.
예의를 차리다 보면 사람은 점점 더 쓸쓸해지고 점점 더
가벼워지고 점점 더 못생겨진다.
　그러니까, 예의 따위는 차리고 싶지가 않다. 화가 나면

집으로 전력 질주하기. 쓸쓸하면 침 흘리면서 울기. 쓸쓸, 잇몸도 핥으면서 건조하게 울기. 하지만 나는 예의가 너무 바르므로 쓸쓸하고 가볍고 못생겼고, 어처구니없을 정도로 슬프다.

그래서 나는 다음부터 다짐했다. 이제부터 진짜 울고 싶으면 집으로 전력 질주할 거야. 아니면 그냥 앞에서 엉엉 울어 버릴 거야. 미친 척하고 개다리춤도 출 거야. 그런 식의 다짐.

하지만 나는 내가 절대 그럴 리 없음을 안다. 나는 단지 이런 식의 다짐을 나 자신에게 으름장 놓는 투로 던져 놓고는 회수하지 않는다. 진짜 용기도 없다. 이렇게 살 바에는 그냥 뒈져라. 속으로 여러 번 말했지만 딱히 바뀌지 않는 부분에 대해서는 여전히 어떻게 힘을 써야 할지 잘 모르겠다. 어떻게 하면 사람이 변할 수 있을까. 어떻게 하면 콱 도망칠 수 있을까.

덕의 언니와 한국인 남편이 떠나고 나서, 나는 친구가 중국어로 노래하는 모습을 여러 번 지켜봤다. 잘한다, 무슨 말인지 하나도 모르겠다, 근데 존나 슬프네. 무슨 말인지 하나도 모르겠지만 존나 슬픈 것 같아. 나는 생각했다. 그리고 친구한테 방금 부른 노래 제목을 여러 차례 물었을 때, 친구는 서너 번 대답해 주었지만 나는 다음 날 일어나서 하나도 기억하지 못했다. 나는 그저 눈을 뜨자마자 무작정 밖으로 나가 동네를 크게 두 바퀴 정도 돌았다. 그의 강아지가 보고 싶은 마음을 어떻게 달래야 할지 잘 모르겠어서. 날이 좋아서 걸을 때마다 개들이 종종 눈에 들어왔다. 나는 멀리서 개들을 빤히 훔쳐보았다. 그때마다 가슴이 따끔따끔했지만 그래도 동네 길거리에 산책하는 개들이 많아서 조금은 덜 슬픈 기분이 들었다.

아무 관련 없는 인물들

이별은 육체적인 단어가 맞다. 한 달도 안 된 사이
몸무게가 4킬로그램가량 빠졌다. 잠은 잘 못 잤지만 밥은
잘 먹었는데, 알 수 없었다. 매일 밖으로 나가서 소맥을
마셨다. 담배도 많이 피우고 기쁜 척도 많이 했다. 하나도
안 기쁘고 하나도 안 즐거웠는데, 일주일에 네 차례 이상
소맥을 마시고, 즐거운 척을 하면 살이 이렇게나 빠지는구나.
그러니까, 앞서 말했듯이, 이별은 육체적이라고 말한 그는
천재 작가가 맞았다. 무언가를 언어로써 예언하고 정의 내릴
수 있으니까……. 좋겠다, 그럴 수 있어서.
　나는 당황하면 말이 나오지 않고 생각마저 정지되며
단어조차 떠올리지 못한다. 술을 마시고 난 이후로 꽤
오랫동안 글을 쓰지 않았다. 진짜 뒈질 것 같을 때는 점심에

한 번, 저녁에 한 번 일기를 쓰기도 했는데. 그때 일기에
뭐라고 썼더라. 다시는 그러지 말자. 씨발, 다시는 아무도
만나지 말자. 이렇게 썼었나. 아니다, 아니야. 다음부터
소중한 것은 꼭 소중하게 대해 주자. 이렇게 시시한 표어처럼
썼었나.

　잘 기억나지 않지만 아무튼 이제 아무것도 하지 않고
아무 생각도 하지 않는 게 익숙해진 사람이 된 듯하다.
전보다 소맥을 잘 타게 되었지만 그 밖의 것들은 아무것도
늘지 않았다. 그런 의미에서 나는 틀렸다. 나는 내가 가끔
너무 웃긴다. 그냥 무관심 속에서 뒈져 버려라, 거울을 보며
자주 말하기도 한다. 물론 오랫동안은 아니고 아주 잠깐.
오랫동안은 안 되니까. 나는 오랫동안 견디지 못할 테니까.

　그러니까, 신이 있다면 저한테 너무 가혹하게 굴지
마세요. 저는 못 견뎌요. 저는 건강하지 않아요. 미안합니다.
살게요, 막 아니고 잘.

　종로가 아닌 동네에서 종로 빈대떡에 막걸리를 먹으면서
P에게, 난 도대체 언제쯤 괜찮아지느냐고 대뜸 물어봤다.
막걸리를 딱 한 잔 마셨을 뿐인데 그런 앞뒤 문맥과 상관없는
말들이 줄줄 나오는 게 신기했다. 그리고 쓸데없는 고백을
하자면 그 말을 꺼냄과 동시에 그 자리와 아무런 상관도

없는 나의 삼촌이 생각났다. 삼촌은 막걸리를 좋아하지도
않았는데, 그냥 삼촌이 생각났다. 딱히 그가 엄청나게 보고
싶었던 것도 아니었는데, 그를 최근 들어 잘 떠올리지도
않았는데 막걸릿집 창밖으로 키가 장대만큼 큰 사람들이
지나갈 때마다 삼촌이 아닌가, 쳐다보고 싶을 정도였다. 물론
삼촌은 이미 죽고 없었고, 고이 죽어서 슬프지도 않고 오히려
부러울 정도인데. 도대체 왜였을까.

　술을 마시면 가끔 잊고 싶은 기억들이나 풍경들, 아무런
관련 없는 사람들의 표정이 떠올라서 나를 슬프게 한다.

　내가 자주 생각하는 것들. 예를 들면 입가에 짜장을 잔뜩
묻힌 채로 짜장면을 먹고 있는 엄마 얼굴, 작은 부엌에
욱여져서 넷이 먹던 저녁 식사, 술 취한 삼촌이 운동장을
걷던 모습, 뭐 그런 것들. 내가 잘못한 것도 아닌데 나를
죽고 싶게 하는 것들. 그래서 술이 별로 안 좋은데 나는 술을
자주 마신다. 그러지 않으면 시간이 잘 안 가니까. 시간을 잘
보내는 인간은 아마 신보다 위대할지도 모른다.

　가끔 그냥 죽어 버릴까, 싶지만 나는 그럴 수 없다.
지금 죽기에는 죽은 삼촌보다도 나이가 훨씬 어리고 다시
괜찮아져야 하기 때문에 그럴 수가 없다. 아무리 속이 상해도
그럴 수는 없다.

　삼촌, 젊었을 때 동대문에서 원단을 떼러 다니는 일을

했었고, 운전을 잘했으며, 나에게 가끔 동대문에서 보았던 연예인들 이야기를 들려주기도 했고, 차승원을 꼭 빼닮았고, 지독한 알코올 중독자였던, 삼촌. 술을 누구보다 좋아했고 한번 술을 입에 대면 두세 달은 거뜬히 매일 술을 마시곤 했던 삼촌. 내가 처음 소설을 쓰던 때에 내 소설에 가장 많이 등장한 삼촌. 진짜 개새끼 같은 짓거리를 많이 한 삼촌. 잘 있나요.

막걸리를 두 통 정도 비웠을 때 속으로 그런 편지를 썼고 그 후로는 어떤 마음도 들지 않았다. 슬프거나 기쁘거나 쓸쓸하거나 외롭거나 그런 마음이 아무것도 남아 있지 않았다. 마음이나 기분이 알코올에 섞여 휘휘 증발한 것처럼. 막걸리를 마시고 난 뒤에 찬물을 연달아 들이켰다. 물을 마실 때마다 시원하다, 좋다. 이렇게 중얼거렸는데 P도 그 이야기를 들었을까.

나는 진짜 언제 괜찮아져? P한테 다시 물었을 때, P도 나도 어느 정도 취해 있었고 P는 나를 보면서 솔직하게 말하자면 안 괜찮아져, 라고 말해 주었다. 진짜로? 나는 P에게 다시 물었고 P는 진지하게 고개를 끄덕여 주었다. 그러자 갑자기 마취 총이라도 맞은 들짐승처럼 마음이 잠잠해졌다. 잘 있나요? 잘 있어요. 누군가 물으면 그렇게 대답하지는 못하겠지만 그때 어쩐지 마음이 괜찮았다. 그저 P가 내 앞에 있어서 좀 나았던 것 같다.

중국인 J

나는 그를 일산에서 처음 만났다. 친구들과 다 같이 취해 있었고, 친구 중 한 명이 그를 부른 것이었다. 그는 처음부터 조용히 주는 술을 따라 마셨다. 한눈에 중국인 같다는 인상을 받지는 못했고, 그냥 오래전에 본 친구 같았다. 중국인 J는 말이 없었다. 외모의 특별한 점도 기억이 잘 나지 않는다. 손가락이 길고 예뻤다는 것 빼고는 얼굴이 가물가물할 정도였다. 나와 친구들과 J는 언젠가부터 같이 어울려 다녔던 친구들처럼 같이 뒤섞여서 여러 가지 이야기를 주고받았다. 밥 먹었냐, 뭐 먹었냐, 어디 있다가 왔냐, 술 먹고 왔냐, 어쩐지 얼굴이 한잔하고 왔네, 같은 이야기.

그날은 J의 생일이 지난 지 일주일이 지났을 때였는데도 불구하고 우리는 취해서 케익을 사고 촛불을 붙이고 J의 생일을 다시금 축하해 주었다. 우리는 그날 술에 만땅 취한 사람들만이 할 수 있는 행동을 다 했다. 생일이 지난 사람의 생일파티를 다시 시작했고, 인형 뽑기에 몇만 원을 썼고, 노래방에서 똑같은 노래를 두 번이나 불렀고, 모두가 한 번씩 테이블에 머리를 박고 잠들었다가 부활하듯 일어났다. J는 이런 풍경이 익숙하다는 듯 웃었다. 나는 잠깐, 저런 웃음을 가진 사람은 순박하고 착한 마음을 가질 수밖에 없다고 생각했다. 그러고는 곧바로 누군가를 떠올렸다. 내 기억 속의 누군가도 저런 얼굴과 저런 웃음을 짓곤 했었는데, 하지만 그는 사실 순박하고 착한 사람과는 거리가 멀었다.

　그는 나에게 좋은 사람은 아니었다. 그가 좋은 사람이 아니라는 것은, 그가 자기와 완전히 반대인 사람을 찾고 다닌다는 점에서 그랬다. 그는 아마도 한 번도 버림받은 적 없고, 한 번도 슬퍼해 본 적 없으며, 한 번도 누군가를 미워한 적 없는 사람을 찾고 있는 듯했다. 세상에서 한 번도 버림받은 적 없는 사람을 기다리는 것은 멍청한 일이라고 말해 주고 싶었지만 나는 끝내 그에게 그런 말을 하지 않았다. 실은 그가 그런 사실을 시간이 아주 많이 지난 다음에 알게 되었으면 좋겠다고 생각했다. 벌어질 리 없고 일어날 리 없는 일에 대해 애쓰는 그가 충분히 벌을 받고 있다고, 나는 생각했다. 그는 내가 어딘가 아픈 구석을 내비칠 때마다 나를 이상하다는 듯 바라보았다. 그리고 그런 눈빛은 시간이 지난 뒤 떠올려도 익숙해지지가 않는다.

나는 중국인 J를 보면서 그가 생각날 때마다 술을 아주 조금씩, 한 모금씩 마셨다. 조금씩 마시는 술맛은 역겨웠다. 나는 일부러 J에게 예전에 중국어를 공부하려고 했었다, 중국에 한 번도 가 본 적은 없지만, 가게 된다면 스냅사진을 많이 남기고 싶다, 등등 여러 가지 쓸데없는 이야기를 늘어놓았다. 그가 내 중국어 선생이 되어 주었다면 좋겠다고 생각했지만 J는 그저 웃기만 했고 나는 이야기를 그만두었다.

우리는 아무도 집에 가지 않고 아침까지 술을 마셨다. 소주를 마시다가 소맥을 마시다가 양주를 마시다가 다시 소주로 돌아왔을 때가 아침이었다. 모두가 술에 절여져 있었는데, 아무도 집으로 가려고 하지 않았다. 모두가 술에 취한 다음 날 집으로 돌아가는 헛헛한 감정을 아는 사람들 같았다. J도 마찬가지였다. 그래도 집에는 가야지, 라고 말하는 이는 아무도 없었다. 우리는 정말 마지막이라고 생각하고 그 길로 눈에 보이는 음식집에 들어갔다.

친구 하나가 음식집 하나를 가리켰고, 우리는 그 길로 대패 삼겹살 집으로 들어가 삼겹살을 구웠다. 고기가 익어 가는 소리가 날 때마다 친구들이 하나둘씩 고기를 집어 먹기 시작했고, 나는 열심히 굽기만 반복했다. 그러다가 J가

고기를 입으로 가져가서 오물오물 씹기 시작했을 때, 나는 J에게 어떤 말이든 하고 싶었다. 이제까지 누군가에게 묻고 싶었지만 한 번도 꺼내 본 적 없는 말.

내가 가진 이야기들이 남들에게도 이상한 마음을 줄 수 있을까? 같은 말. 그러나 주위가 너무 밝았고 입이 너무 써서 나는 아무 말도 하지 않았다.

용서

갑자기 기분이 좋아져서, 밖으로 나가 걸었다.

일요일이었고, 비도 그쳤고, 오후 3시가 넘은 시간이었다.

이렇게 갑작스러운 조증 비슷한 증상이 오면, 요리를 하거나

청소를 할 때도 있지만, 오늘은 좀 걷고 싶었다. 동네는 몇

명의 개들과 산책하는 사람을 빼면 휑했다. 아파트와 빌라가

빼곡한 단지에 살지만, 유난히 걷는 사람이 별로 없었다.

길고양이들이 동네 골목을 유유히 돌아다니며 나를 관심

있는 듯이 쳐다보았다. 고양이들은 통통하게 살이 올랐고

상처가 없었다. 골목 중간중간 놓여 있는 낡은 물 그릇과

사료 그릇이 눈에 들어왔다. 동네에 길고양이들을 해치려고

하거나 괴롭히는 사람은 없어서 다행이라는 생각이 들었다.

　나는 런닝화를 구겨 신고 동네 뒤쪽으로 걸었다. 동네

뒤에는 야트막한 산이 있고 그 산 옆에 허술하게 만들어진 산책로가 있었다. 산책로를 쭉 지나다보면 한정식 가게와 허허벌판의 필드와 연꽃밭과 그 밭 부근에 뜬금없이 매어진 검정 말이 있었다. 오늘은 그 말을 보러 갈 생각이었다. 딱 말이 있는 곳까지만 걸을 생각이었다. 더 걷다 보면 돌아올 때쯤 불쑥 어떤 감정이 찾아올 것 같은 예감이 들었기 때문이다.

처음부터 말이 그곳에 있었던 것은 아니다. 말은 겨울이 지나고 날이 풀리면서 한정식 집 옆에 딸려 있는 연꽃밭으로 왔다. 그리고 그 이후로 나는 가끔 기분이 좋거나 안 좋거나 외로우면 그 검정색 말을 보러 갔다. 여기에 말이 있다는 것이 신기했고 말이 아무런 미동도 없이 나를 쳐다보고 있으면 덜 외로워졌다. 게다가 말을 쳐다보고 있으면, 좀 이상한 기분이 들기도 했다. 가끔 검정색 말에게 뭘 봐, 라고 묻거나 어떤 말을 건넬 때도 있는데, 그때마다 말은 마치 말을 알아듣기라도 하는 것처럼 고개를 돌렸다. 정말 내 말을 알아 듣는 것인지 알 수 없었지만 나는 왠지 그렇게 믿고 싶었다. 가끔 이런 말도 안 되는 상상과 생각들이 들어맞는 때가 있다. 누군가들은 사소하고 유치하다고 할 정도의 생활. 그러나 나는 그런 사소하고 유치한 생활이 좋았다. 이 정도의 생활도 나를 어느 정도 살게 하는데, 나는 대부분 너무 많은 안 좋은 생각에 둘러싸여 시간을 보내곤 한다. 덫에 걸린 기분처럼, 나는 그 기분에서 잘 헤어나오지 못한다. 어째서 그러한 생각들이 튀어나오는지 모르지만 나는 내가 모르는 곳에 상처를 숨겨 두고 있는 것 같다.

어떤 날은 카페에서 가만히 시간을 보내는 일도 어렵기도 하다. 그러다 보면 나의 나중을 상상하기도 힘들다. 견디자, 견디자, 가끔 그 말이 징그럽게 느껴진다. 누군가는 내가 땅콩 같은 아이를 이불 위에서 도리도리 굴리는 상상을 하기도 한다고 나에게 말해 주었다. 나중에 아주 잘 살 것 같아. 아이도 낳고, 왠지 그럴 것 같아. 그러나 나에게는 그런 모습이 꿈보다도 멀다.

내 노년을 상상해 보면, 왈칵 쏟아지는 물풍선 같은 사람이 되어 있을 것 같다. 뭉툭한 바늘로 찔러도 금세 무언가 터져 버려서 그대로 형체가 사라질 것 같은 물풍선.

나는 대부분 건강하지 못하다. 그래서 나는 간간히 찾아오는 이런 사소하고 유치한 생활이 소중하다. 이런 사소하고 유치한 생활에 대해 편하게 떠들 수 있는 사람이 있으면 좋겠는데, 대부분 그런 때에 나는 운동화를 구겨 신은 채 혼자다. 이 사소하고 유치한 기쁨을 나눌 사람이 나 혼자뿐이라서 나는 좋으면서 슬프다.

내가 길 위에서 멍하니 말을 바라보고 있자, 많은 이들이

기웃거리며 내 주변에서 같이 말 구경을 했다. 이들에게도 지금 이렇게 사소하고 유치한 시간들이 행복할까.

행복하세요? 지금이 좋으세요? 나중에 대해 생각하세요? 땅콩 같은 아이를 굴리고 싶으세요? 너무 건강해서 재미없는 텔레비전을 보아도 웃음이 와하하 쏟아지세요? 청소도 빨래도 밀리지 않고 하세요?

지금 당장이라도 지나가는 이에게 말을 걸거나 헛헛한 마음 때문에 친구를 사귈 용의도 있었지만 그러지 않았다. 나의 생각은 언제나 생각 정도로 끝이 났다. 피하고 싶다고 해서 정말 피해지거나 해결된 것은 아무것도 없었다. 그저 눈앞에서 무언가를 견뎌 내기. 어떤 이들은 이것을 최선이라고 부르고, 나도 때때로 그런 순간을 최선이라고 부른다.

나는 휴대전화를 켜고 문자 메시지와 카카오톡 메시지를 훑어봤다. 그저 메시지와 전화 목록들을 보면서 나는 기쁘고 외롭고 슬픈 감정보다 용서에 대해서 생각했다. 내가 가진 나쁜 기억들을 내가 용서하면 나는 괜찮아질 수 있을까. 그럴 수 있다면, 나는 여러 날들을 한 번에 용서하고 싶다. 힘들이지 않고, 지금 바로 그렇게 하고 싶다. 물론 그럴 수 있다면.

말을 지켜보던 아이가 연꽃밭을 보고 호수라고 말했다.
아이랑 같이 온 할머니는 아이가 떨어뜨린 휴지를
주우려다가 내가 구겨 신은 운동화를 힐끔힐끔 쳐다보았다.
나는 말의 까만 눈동자를 보다가 예상보다 조금 더 멀리
걸었다. 이상한 예감이 불쑥불쑥 찾아왔지만 그대로 두었다.
이것은 어느 정도 오늘의 최선 같았다.

랄로 쿠라의 원형

옛날부터 나는 내 이름이 싫었다. 장난으로 아무렇게나 붙인 이름이라고 생각했다. 이름을 바꾸어서 살아가고 싶었는데, 어떤 이름을 붙여야 할지도 막연히 알 수가 없어서 그대로 내버려 두었다. 좋고 나쁘고를 떠나서 어떤 것에 익숙해진다는 것은 조금은 끔찍한 일 같았다. 나는 나를 이름으로 부르는 사람들보다 나의 별명을 부르는 사람들이 더 좋았다. 그래서인지 누군가들을 처음으로 만날 때, 나는 그들의 이름에 먼저 눈이 갔다. 소설을 읽을 때도 마찬가지였다. 특히나 막연히 긴 이름들이나 아무런 의미 없이 어감이 좋은 이름들이 좋았다.

로베르토 볼라뇨의 소설집 『살인 창녀들』에서 「랄로 쿠라의 원형」이라는 작품이 눈에 밟힌 이유는 그

때문이었다. 광기를 뜻하는 'La locura'를 '랄로 쿠라'라는
이름으로 사용했다는 점이었다. 물론 카톨릭 사제였는지
개신교 사제였는지 모를 아버지의 성 'Cura'를 붙였다고도
소설에는 나와 있지만.

이름 때문에 눈이 갔지만 그래도 나는 볼라뇨의 짧은
소설 중 「랄로 쿠라의 원형」을 가장 좋아했다. 그 소설은
용서에 관한 소설이라고 생각했다. 소설 속의 '나'는
살인청부업자다. 남의 지시에 따라 일하던 살인청부업자
'나'가 이제서야 나를 위해서 누군가를 죽이기로 마음먹는다.
'내'가 죽이고자 했던 사람의 이름은 파하리토 고메스다.
포르노 배우였던 어머니가 '나'를 임신했을 당시 찍었던
포르노의 상대 배우인 파하리토 고메스. '나'는 성인 되어서
배가 나온 어머니가 그와 찍었던 비디오를 보고, 부들부들
치를 떨며 다짐한다. 견딜 수 있어. 그는 그렇게 말한다.
그러나 그는 견딜 수 없는 쪽이었다. 그가 어머니의 몸 안에
있을 때 그의 성기가 그의 눈을 찔렀다고 믿었다.

볼라뇨의 소설은 기이하고 신기한 이야기들로 가득하다.
그의 짧은 소설을 읽으면서 그런 생각을 많이 했다. 나는
이런 소설을 절대 쓸 수 없을 것이라는 생각. 쓴다고 해도
억지로 쥐어짜 내는 이야기일 것이라는 생각. 사실 이야기란
자기가 보고 느끼고 쓰고 싶은 이야기만 쓰게 되니까, 어떤

지점을 따라가고 싶다고 해도 따라갈 수 없는 것이니까.

어쨌거나, '나'는 그토록 찾았던 파라히토 고메스를

찾아간다. 그리고 죽이지 않는다. 그는 허름한 방에서 영화를

보고 있었고, 그의 모습에서 어떠한 무력함을 느끼고는

그를 죽이지 않는다. 복수와 용서 사이를 써 내려갔다는

것이 나에게는 신기했다. 나는 소설에서 어떤 방식으로든

사소하게 혹은 시시하게 복수를 하는 편이었다면 볼라뇨는

반대였다. 세상에 이런 소설이 많다는 생각이 들면, 고메스를

찾아간 쿠라처럼 무력감을 느낀다. 협소하고 좁은 시선으로

앞으로 어떤 이야기를 써야 하는지, 누구를 써야 하는지도 잘

모르겠다는 생각이 들기도 한다.

　시간이 지날수록, 소설을 쓰면 쓸수록 단단해지고 있다는

느낌보다 물렁해지고 있다는 느낌이 더 강하게 든다. 어떤

생각도, 습관도, 고집도 전부 다 고무처럼 물러지고 있다는

느낌. 단단했던 것들이 한번씩 깨어지고 다시 재조립되는

중이라면 좋을 텐데, 나는 아직 깨어진 채로만 시간을 보내고

있다는 생각이 든다. 이 상태가 얼마나 더 길어질까. 깨어진

것들이 붙기는 할는지. 아직은 모른 채, 시간을 보내고 있다.

마음속에 남아 있는 희망이라고 하면 그래도 시간이라는

것이 무언가를 알려 줄 것이라는 막연한 생각이다.

　그래도 소설이 좋은 건 쓰는 사람의 입장을 바꾸어 줄 순

없더라도 읽는 사람에게는 조금의 변화를 준다는 점이다. 나는 그 소설을 읽고 난 뒤에 별명에 더 집착했다. 나의 별명뿐만 아니라 누군가들의 별명과 새로운 별명을 만드는 데 전보다 시간을 썼다. 여러 가지에 별명을 붙여 보고 이름 대신 그것들을 불렀다. 그런 쓸데없는 것에 시간을 보내는 내가 좋았다. 그러다 소설을 쓰지 않거나, 제대로 쓰지 못하는 시간을 어처구니없다고 생각하지 않기로 했다. 어차피 시간 앞에서는 무력해진다고, 없던 용기도 내고, 없던 희망도 생긴다고 그 소설처럼 한 번쯤 그렇게 생각하기로 했다.

숨 참고 마시는 맥주

18시간 동안 일하고 집으로 돌아왔다. 온몸에 먼지며
기름이 흐르는 것 같았다. 집에 도착하자마자 거실에서 옷을
벗고 욕실로 들어갔다. 온몸이 오들오들 떨릴 만큼 추웠다.
내 모습은 마치 추위에 떠는 닭 같았다. 존나 못생겼네, 나는
거울을 보고 혼잣말을 했다. 거울 속 내 얼굴은 하얗게 질려
있었고 눈이 졸린 듯 처져 있었다. 나는 내 벗은 피부를
손으로 쓸어 본 다음에야 물을 틀었다. 씻는 중간 중간
다리가 많이 부어 있다는 게 느껴졌다. 생각해 보니 오늘
앉아야 한다는 생각도 없이, 하루종일 서서 시간을 보냈다.
   서서 전철을 타고 갔고, 서서 돌아왔으며, 서서 아이들
앞에서 떠들었고, 서서 복사를 했고, 서서 이야기하고,
서서 커피를 마시고, 서서 담배를 피우고, 서서 울고 싶은

기분은 참아 냈다. 가끔씩 학원 밖에 계단에 앉아서 동네를
바라보기도 했지만 거의 서서 무언가를 하고 있었다.
그러다가 가끔 시간이 생기면 누군가를 떠올리면서
마음속으로 질문을 던졌다. 잘 지내세요? 잘 지내세요. 저는
여기 서 있어요. 서서 시간을 보내고 있어요.

　씻고 나와서 거실에 멍하니 앉아 있었다. 시간을 보니,
벌써 새벽이었고 빨갛게 부어오른 다리와 발을 보니 기분이
우울했다. 부은 발을 꼼지락거려도 기분이 나아지지 않았다.
하루종일 침체되어 있던 기분이 지금이라고 좋아질 리
없었다. 일을 하면서 한 번도 기쁘지 않았으니까. 일하고
있으면 아무런 감정이 없는 사람이 되는 것 같았다.

　기쁘세요?

　…….

　슬프세요?

　…….

　무감각하세요?

　네.

　앉아서 젖은 머리에 물을 뚝뚝 흘리고 있는데 며칠 전
친한 언니와 이야기하다가 언니가 나에게 네 새 소설은
언제쯤 볼 수 있냐고 물었던 게 떠올랐다. 아마도 거실에
너저분하게 널려 있는 책이며 종이들 때문이겠지. 이렇게

널브려 놓은 공간에 있으면 내가 도대체 무엇을 하는
사람인지, 무엇을 하면서 사는 사람인지 스스로도 헷갈릴
때가 많다. 나는 언니의 그 말에 글쎄, 나도 잘 모르겠다, 라고
대답했다.

　정말 잘 알 수 없었다. 언제쯤 무슨 말을 다시 써야 할지
도통 알 수 없는 시간에 사는 기분이었다. 쓰는 시간보다
일하는 시간이 현저히 많고, 쓴다는 생각을 하는 시간보다
어떻게 하면 일을 끝내고 하루를 끝마칠 수 있을까 하는
생각이 더 많았다. 잠. 오히려 잠들기 직전이 나에게 가장
행복한 시간을 아닐는지. 생활에 익숙해지다 보니, 소설이나
글을 쓴다는 생각으로부터 점점 멀어졌다. 쓴다는 것이 너무
소모적인 일처럼 느껴지는 날의 연속이었다. 언제 무언가를
쓰고 싶어 했더라. 잘 알 수 없었다. 그리 얼마 지나지 않은
날들이었음에도 어쩐지 완전히 오래된 이야기 같았다.
그러다가 며칠 전에 읽은 내 글에 대한 서평을 떠올렸다.

　그 서평을 쓴 사람은 내 소설이 너무 불쾌하고
싫다고 했다. 작가는 도대체 어떤 생각을 하는 사람인지
모르겠다면서 구매한 지 얼마 되지 않은 내 책을 바로
중고서점에 내놓았다. 나는 앉아서 그 말을 곱씹었다. 그리고
그 사람의 말을 어느 정도는 이해했다. 내 소설집에 그런
부분들이 꽤 있다는 것을 나도 알고 있으니까. 나도 소설을

쓰면서 기분이 좋았던 적은 단 한 번도 없었으니까. 내 책을 읽고 글은 쓴 그 사람은 화가 난 듯했다. 미안하다며 등을 두들겨 주고 싶을 정도로 그는 화가 나 보였다. 나는 내가 쓴 글이 한 사람의 기분을 그렇게나 망칠 수 있다는 것에 좀 놀랐다.

어떤 날은 그런 서평들을 아무리 떠올려도 아무런 감정이 없는데 오늘은 왠지 어딘가로 숨고 싶은 기분이 들었다. 다시는 아무도 나를 못 보게 이불 속에 들어가서 입구를 꿰매고 싶은 기분. 내 생각과 이야기를 드러내고 싶고, 그것이 읽혔으면 좋겠다고 생각하며 썼지만, 어떤 날은 내가 그런 글을 썼다는 사실이 무서워진다. 어쩌자고 그런 것을 썼는지 시간이 지나고 후회가 되기도 하고.

쓰고 싶은 마음과 쓰기로 했던 마음과 써 내려갔던 마음이 시간이 지날수록 변한다는 것을 느낀다. 나중에 내 소설들은 나에게 어떤 것을 줄까. 내가 노인이 되었을 때 다시 내 책을 읽으면 어떤 기분이 들까. 부끄러운 마음? 슬픈 마음? 창피한 마음? 누군가를 화나게 했다는·미안한 마음? 아니면 너무 숨고 싶은 나머지 나를 돌돌 말아 줄 이불의 입구를 꿰매고 있으려나.

몇 달 전에는 처음 만난 사람이 어느 식사 자리에서 내 책을 읽었다고 말했다. 나는 누군가가 내 책을 읽었다는

사실만으로도 놀랐는데 더 놀라운 것은 그의 다음
질문이었다. 그는 그 책에 쓰인 것들이(그러니까 소설들이)
정말 모두 나의 이야기냐고 물었다. 어디서부터 어떻게
이야기해야 할지 모르겠어서 나는 그냥 네, 하고 대답해
버렸다. 그런 질문을 받으면 언제나 그랬다. 나는 그때도
음식이 예쁘게 놓인 테이블 위로 네, 라고 말했다. 그러자
그 사람이 나를 불쌍하다는 듯이 쳐다보았다. 나도 그를
쳐다보았다. 아무런 감정 없이. 나에게는 소설이 어떻다고
설명하는 것보다 그저 네, 하고 대답해 버리고 그 눈빛을
견뎌 내는 것이 더 쉬웠다. 소설이든 무엇이든 재단하려고
마음 먹은 사람에게는 어떤 말도 통하지 않는 법이니까.
나는 그런 것들을 자주 보곤 했으니까. 소설이 무엇이든,
그 소설을 쓴 사람이 어떻든 어차피 읽는 사람들의 몫이고
그것이 하나의 놀이일 수도 있는 것이니까. 그 이상도 이하도
아닌.

　　젖은 머리를 수건으로 감싸면서 요즘 내가 어떻게
사는지에 대해서 생각하고 싶지 않아졌다. 귀찮고 처참해.
그 말이 왠지 요즘 나의 전부인 것 같다는 생각이 들었다.
어차피 부동산이나 주식, 비트코인이나 로또로 큰돈을 버는
일은 없을 것이다. 내가 진짜로 '부우자'가 되는 일은 없을

것이다. 게다가 1년 전의 일기장을 넘겨 보아도, 어제 느낀 감정과 별반 다르지 않은 감정이 적혀 있었다. 몇 년 전에 읽은 책들이 내가 가장 좋아하는 책이 되었고 그 이후로는 그다지 좋은 책을 만나지 못했다. 적금도 늘렸지만, 붓는 돈은 별로 없고, 때때로 어떤 일들이 생겨서 다시 적금을 깨고 다시 붓기를 반복했고……. 내 삶에 대해 생각하는 일은 왠지 의미 없고 허접하다. 허접하다고 느끼면서도 생각의 생각을 반복하는 것도…….

시계를 보니 벌써 새벽 2시를 훌쩍 넘긴 시간이었다. 속이 헛헛해서 시원한 맥주가 마시고 싶었다. 이런 기분을 잊게 해 주는 건 맥주가 제일이었다. 나는 덜 마른 머리를 수건으로 다시 감싼 채로 냉장고에서 맥주 한 캔을 가지고 와 침대 옆에 있는 간이 책상에 올려 두었다. 머리카락에서 물이 뚝뚝 흘렀지만 그대로 두었다. 맥주를 한 모금, 한 모금씩 마실 때마다 속이 뜨겁고 좋았다. 나는 숨을 참고 꿀꺽꿀꺽 맥주를 들이켰다. 숨을 참고 맥주를 마시는 기분이 꼭 오늘 울음을 참던 기분과 비슷했다. 코가 찡하고, 눈가가 촉촉해지는 기분.

다 마신 맥주 캔이 계속해서 늘어 갔고, 울고 싶었는데, 딱히 울 이유가 없어서 울지 않았다.

종로

　종로에 갔다. 오전 11시부터 가서 카페에 앉아 있었다.
약속은 12시였지만, 미리 나와 있었다. 날이 좋았는데,
자꾸만 심장이 뛰었다. 약도 잘 챙겨 먹고 아무 생각도 하지
않았는데도 그랬다. 심장이 뛸 때마다 이유 없이 손등과
팔뚝을 긁었다. 나와서 무엇이라도 쓰려고 했지만 쓰지
않았다.

　왜 써야 하는지에 대해 나는 요즘 생각 중인데, 그것에
대한 이유를 알 수 없었다. 왜 쓸까, 왜 써야 할까. 예전에
나를 쓰게 했던 이유들은 지금 나를 쓰게 하지는 못한다.
쓰고 싶은 말도, 이야기도 없다. 예전에는 쓰고 싶은 게, 하고
싶은 이야기가 많아서 집으로 뛰어갔는데, 지금은 아니다.
단순하고 옹졸한 일상. 마음이 작아질 수밖에 없는 생활이다.

내 요즘은 이렇게 요약된다. 약 먹고 잤습니다. 술
먹고 잤습니다. 하루종일 일했습니다. 하루종일 일했고
일했습니다. 밥 대신 커피를 마셨습니다. 보고 싶은 사람들은
역시나 못 보는군요. 차라리 보고 싶은 사람들이 다 죽었으면
좋겠어요. 만날 수 없다는 것을, 더 이상 미워할 필요 없다는
것을 인정할 수 있으니까요.

시간이 지날수록, 아주 짧은 시간임에도 시시각각 다른
사람이 되어 가고 있는 것 같다. 여러 가지 기억들 때문에.
예전에 쓴 글들을 볼 때마다 신기한 기분이 든다. 그 글을
썼던 내가 언뜻 언뜻 생각이 난다. 견디려고 했고, 참으려고
했던 날들이 생각이 난다. 그러나 지금은 모르겠다. 요즘은
보이는 것을, 슬픈 상태 그대로인 것들을 쓴다. 예를 들면
슬픈 탈모 환자에 대한 이야기. 며칠 전 슬픈 탈모 환자에
대한 이야기를 썼다. 스트레스를 받을수록 상태가 악화되는
여자 탈모 환자. 쓰면서 친언니 생각을 많이 했다. 언니도
스트레스를 받을 때마다 머리가 빠지니까. 어쩔 수 없이 독한
스테로이드를 바라는 언니의 얼굴이 머릿속에서 떠나지
않았다. 엄마와 아빠, 언니, 가족들을 생각하면 더는 쓰지
않아야 한다는 생각도 든다. 이렇게 한가롭게 종로에 나와
있는 나를 본다면 사람들은 나를 뭐라고 생각할까?

내가 한때 좋아했던 선생은 내가 내 이야기를 시작하면

나를 동정했고, 가장 친한 시인 친구는 나에게 갑자기 자신의
빚에 대해 이야기했다. 그런 일들을 생각하면 짜증이 난다.
소설이라든지 문학이라든지 하는 것들이 사람에게 도움이
안 되는 것처럼 느껴진다. 물론, 그 주변에 있는 이들에게도
마찬가지. 그럼에도 그들은 문학을 여전히 하고 글을 쓰고
나를 동료로 생각한다. 나는 그들이 동료라고 하는 자리를
한순간에 훌쩍 떠날 수도 있을 것 같다는 생각을 하고.

　소설을 쓰고 문학을 하면서 좋은 점이라고는 보고 싶은
사람을 볼 수 없다고 인정하게 된다는 것밖에는 없는 것
같다. 소설을 쓰고 문학을 하면서 좋은 점이라고는 내가 이런
상태라고 글로 적고 다시 생각해 보게끔 하는 것밖에는 없는
것 같다. 소설을 쓰고 문학을 하면서 좋은 점이라고는 내가
얼마나 외롭고 쓸쓸한 사람인지 애써 감추려고 한다는 것을
애써 보여 주는 것밖에는 없는 것 같다.

　종로 카페에 앉아서 사람들이 지나는 횡단보도를
바라보았다. 사람들은 신호가 바뀌든 바뀌지 않든 마음대로
길을 건넜다. 종로엔 사람도 많고 비둘기도 많고 부랑자도
많았다. 여장을 한 것 같은 사람, 진짜 여자인지 남자인지
헷갈리는 사람, 성별이 별로 중요하지 않은 사람들이 커다란
짐이 든 봉투를 발밑에 깔아 놓고 앉아 있었다. 그들은

바닥에 아무렇게나 앉아 깡소주를 벌컥벌컥 마셨다. 그들과 내가 같다고 느껴졌다.

길 건너편에 친구가 보여서 나는 짐을 챙겨 밖으로 나갔다. 부랑자들끼리 모여 소주를 나눠 마시는 모습을 보면서 언젠가 내가 저 옆에 앉아서 소주를 마시고 있으면 어떨까 잠깐 생각했다. 친구와 나는 횟집으로 갔다. 돌고래 횟집이라는 간판을 달고 있는, 계단으로 이어져 있는 지하에 위치한 횟집이었고, 들어가는 입구에 조잡하고 촌스러운 장식들이 있었지만, 맛은 좋은 그런 횟집이었다. 친구는 종로3가에서 그나마 유명한 횟집이라고 했다. 친구가 맥주를 마시자고 했는데, 마시지 않았다. 언젠가 길거리에서 죽도록 마시는 날이 올지도 모른다고 말했더니, 친구가 그저 웃었다. 친구가 맥주를 쫄쫄 따라 마셨고, 나는 그 모습을 지켜보았다. 친구는 지쳐 보였지만 그래도 조금 건강해 보였다.

집으로 돌아가는 길에 휴대폰으로 퍼즐 게임을 했다. 죽고 싶거나 술을 마시고 기절해 버리고 싶은 기분이 들 때, 억지로 시시한 것들을 해 보기로 했다. 집으로 돌아가는 내내 퍼즐을 맞췄다. 그러다가 정말 아무렇지 않게 실실 웃고 있는 내가 너무 시시했다.

금요일

금요일 저녁이면 평소보다 담배를 많이 피운다. 담배
필터를 입술에 물었을 때 단맛과 박하향이 동시에 나는
담배를 나는 1층과 5층을 오가면서 피운다. 금요일은
평소보다 입이 쓰고, 입이 쓸 때면 나는 밖으로 나간다.
평소라면 밖으로 나가는 것을 참을 수도 있지만 금요일에는
대체로 참지 않는다. 다른 날은 그래도 참아야 해, 라는
생각을 조금이라도 한다면 그날은 그런 생각도 하지 않는다.
그날은 학원에서 아이들 앞을 오가며 아무 일 없다는 듯이
인사를 주고 받지만, 속으로는 속이 쓰릴 만큼 이곳을
도망치고 싶다는 생각이 든다. 실제로 이대로 가방과
휴대폰을 학원에 그대로 두고 전철을 타고 돌아가는 상상을
하기도 한다. 주인 없는 휴대폰이 학원 로비 책상에서

울리고, 학생들은 오지 않는 나를 기다리고, 나는 이미
전철을 타고 그곳에서부터 50분이나 걸리는 거리에 와 있다.
그런 상상은 내 숨통을 조금은 트이게 한다. 언제든 그럴 수
있을 것만 같은 용기를 주니까.

　나는 이곳이 좋다. 그러나 나는 이곳이 싫다. 특히나
그날이 금요일이라면 더 그렇다. 나에게 금요일은 토요일을
떠올리게 한다. 금요일은 토요일의 연장선에 있다. 토요일은
오전부터 금요일의 두 배에 해당하는 일을 해야 한다.
그래서인지 실제로 나는 금요일 밤, 그러니까 토요일로
넘어가는 날 밤에는 거의 잠을 자지 못한다. 자꾸만
뒤척이거나 뜬눈으로 밤을 지새우거나 아예 잠자기를
포기해 버린다.

　다음 날 일이 산더미처럼 쌓인 날이면, 나는 어째서인지
자꾸 옛날 생각을 한다. 아니, 하게 된다. 그러다 보면 잠은
이미 훌쩍 달아나 버린 지 오래고, 머릿속에는 괴로운
생각들이 오간다. 여기서 괴로운 생각은 대부분 옛날에
사랑했던 이들에 대한 생각이다. 예전에 사랑했고 보고
싶지만 지금은 보지 못하는 사람들에 대한 생각. 사는 건
어째서 이런 이들만 늘어나는 일인 걸까. 나는 이해할 수가
없다. 어떻게 잘 살아야 한 번도 이별하지 않을 수 있냐고요.
그러나 그건 불가능하다. 이별은 관계의 종식이고, 관계의

종식은 자연스러운 일이다. 마음이 끝나지 않았어도 겉으로는 끝을 내야 하는 것.

내가 그들을 보지 못하는 이유는 여러 가지가 있다. 보고 싶은 사람에게 나는 나를 제대로 보여 줄 자신이 없다는 것, 보고 싶은 사람에게 보고 싶다고 말할 용기가 없다는 것, 물론 여기서 용기란 그들이 나를 증오하고 있을지도 모르고 나한테 침을 뱉고 싶을 정도로 나를 미워할지도 모르는 마음을 내가 알아차려도 괜찮은가? 라는 물음에서 온다. 괜찮으면 용기를 내고, 괜찮지 않으면 용기를 내지 않는다.

나는 무섭다. 시간이 그들의 마음속에서 나를 미운 구석으로 데려갔을까 봐. 혹시라도 그들이 나를 미워하고 있는 마음을 내가 알아차릴까 봐. 그리고 그것을 알아차렸을 때의 내 마음은 변변찮은 반찬이 든, 찌그러진 도시락 통보다 못하겠지. 그래서 나는 잠이 오지 않는 금요일 밤마다 마음을 꾹 누른다. 보고 싶다는 마음만 참는다면 나도 다칠 이유가 없다. 그들을 질릴 때까지 생각하고 내가 질릴 때까지 슬퍼하면 모든 게 괜찮아질 것이라고 생각했는데, 그러니까 진짜로 슬픔에 초연한 초인이 될 수 있을 것이라 생각했는데. 그들은 꺼낼 때마다 슬프고 꺼낼 때마다 나를 아프게 한다.

결국 나는 그들을 생각하다가 거의 밤을 새우고 다음 날 출근을 한다. 작년만 해도 그럴 때에는 일부러 술을 마시기도 했는데, 지금은 안 그런다. 나는 술 때문에 벌어지는 무서운 일들을 조금은 피하고 싶다. 나는 술 마시고 아침부터 출근해서 인상을 구기고 있는 내 모습을 아이들이 바라보는 것이 무섭다. 아이들은 선생의 태도도 관찰하니까. 내가 하는 말들을 까먹는 것은 본인들의 자의지만 나를 판단하는 데에 있어서는 절대적인 눈을 가진, 저 순진하고 무구한 눈들이 나는 무섭다. 어느 날은 아이들의 부모로부터 나에 대한 시시콜콜한 것들을 따져 묻는 전화를 받는 상상을 하기도 한다. 왜 전날 술을 마시고 와서 인상을 구기세요. 출근 전날이면 술은 마시지 말아야죠. 왜 그렇게 하시는 거예요? 전에도 그런 비슷한 말을 들은 적이 있다. 나는 어떻게 하시는 거예요? 라는 말을 어떻게 사시는 거예요? 라고 알아들었다. 나는 그 둘에 맞는 진짜 답을 말할 수는 없었다. 글쎄요, 괴로워서? 마음에서 벌어지는 일을 아무것도 통제할 수가 없어서?

잠을 못 자고 출근을 하는 날은 심장이 두 배로 커진 듯한 느낌이 든다. 심장이 빠르게 뛰고, 몸을 빠져나갈 것처럼 높이 뛴다. 토요일은 평소보다 두 배의 아이들을 만나고 두 배나 되는 이상한 소리(문학이니, 소설이니)를 아이들에게 한다. 그리고 열 배 정도로 이곳을 도망치고 싶다고 생각한다. 나는 소설이 좋고 아이들이 좋지만 그 두

가지를 합쳐 놓은 것은 싫다. 가끔씩 아이들한테 소설에
대해 이야기하는 것보다 내가 어떤 생각을 하는지 이야기해
주고 싶을 때가 더 많다. 나는 지금 이곳에서 도망가고
싶다, 그런데 이곳이 싫은 것은 아니다, 그런데 싫다, 이
어처구니없는 심정을 알겠어요, 모르겠어요. 지금 당장
전철을 타고 싶어요. 집으로 가고 싶어요. 모든 걸 그냥 다
내버려 두고 나 혼자만, 집으로.

　가끔 아이들의 무구한 얼굴들을 보면 마음이 미어지는
기분이 든다. 아이들은 글 속에서 누구든 패 버리고 누구든
쉽게 죽여 버린다. 그리고 나는 어떤 것도 끝내지 않고,
조용히 전철을 타고 집으로 가서 토요일을 마주한다. 일이
끝나고 집에 오면, 보지도 않는 텔레비전을 틀어 놓는다.
유쾌하고 발랄하고 시끄러운 광고 노래들. 나는 그 시끄럽고
말도 안 되는 텔레비전의 광고 노래를 속으로 따라 부르면서
어떤 기분들을 삭인다.

일요일

해가 뜰 때까지 술을 마셨다. 집에 돌아오는 차에서
시각을 보니 아침 9시였다. 날씨가 너무 눈부셔서, 토할
것 같았는데 간신히 참아 냈다. 작년쯤에 (정말 죄송하지만)
택시에서 토하는 바람에 요금의 두 배를 물어 준 경우도
있었으니까, 그딴 짓은 다시 하지 말아야지 생각했다.
토요일, 일을 마치자마자 맥주를 마셨다. 그때부터 술을
마셨으니까, 열두 시간 이상 술을 마신 셈이었다. 죽고
싶어서 그렇게 마신 것은 아니고 그냥 기계적으로 마셨다.
먹태, 노가리 집에서 맥주를 마시다가 장소를 이동해서
샴페인에 소주까지 마셨다. 원래 술을 마실 생각은 없었다.
그저 그날따라 날이 너무 더웠고 간간히 기분이 상했다.

왜 기분이 그렇게 상했는지는 모르지만 기분이 너무

상해서 일을 할 때도 혼자 빈 교실에서 고개를 처박고 욕을
했다. 아, 씨발. 진짜로 좆 같다. 난 어떡하지. 지나가는
학생이 내가 욕하는 소리를 들었는지 내가 엎드려 있는 교실
유리문을 두드렸는데 그냥 무시했다. 상한 기분을 상한 대로
두는 것이 내가 이제껏 살면서 배운 방식이었다. 누군가가
나에게 상한 기분에 대처하는 방법을 알려 주었다면 적어도
이러지는 않았겠지. 왜 그런 건 아무도 안 알려 줄까. 마음을
편하게 가지세요. 본인을 사랑하세요. 이런 말이 도대체 무슨
소용이 있는지 모르겠다.

　며칠 전에는 도를 아는 사람이 신호등을 건너다 말고
나를 불러 세웠다. 내 얼굴을 뚫어져라 쳐다보더니, 복이
많다고 말했다. 나는 복이 많다는 말에, 그의 얼굴을 향해
중지를 들이밀었다. 촌스러운 머리띠를 한 여자가 멍한
표정으로 나를 보기에, 나도 똑같이 쳐다보았다. 아닌데요.
안 많은데요. 여자가 나를 때려도 괜찮을 것 같았지만 여자는
나를 때리지 않고 무표정한 얼굴로 사라졌다. 미안합니다.
그런데 저는 복이 안 많아요.

　책상에 엎드려서 갑자기 그때, 중지를 빼든 일과 상한
기분에 대해 생각하는데 도무지 이유를 알 수가 없었다.
막상 안다고 해도 뭐가 달라질까? 어쩌고 저쩌고 스스로에게
캐묻는 식의 질문들이 기분을 더 상하게 만들 뿐인데, 아,

씨발 진짜로 좆 같다. 너무 좆 같아서 학생들 앞에서 울어
버리고 싶었다. 학생들 앞에서 나는 진짜로 좆 같으니까,
퇴근을 하고 싶다고, 나가자마자 빈속에 맥주를 들이붓고
싶다고 말하고 싶었다. 그러니까 내가 이대로 나가도
미워하지 않겠느냐고, 엄마한테 이르지 않겠느냐고, 말도 안
되는 소리를 하고 싶었다. 그러나 나는 그저 고개를 처박고
시간을 보내다가 30분이나 더 연장 근무를 했다. 은유와
비유에 대해 한참을 떠들었고 하고 싶은 말을 잘 삼켰다.
유감이다. 유감이야. 나는 나한테 항상 유감이다. 그래서
슬프면서도 화가 난다.

　벌게진 눈으로 수업 마지막쯤에 시답지 않은 농담을
했더니 학생들이 내가 불쌍하다는 듯 웃어 주었다. 웃는
학생들은 언제나 아름다웠다. 누군가 내가 웃을 때에도
그렇게 생각할까. 학생들은 매일 혼자 따로 들어와서 각자
자리에 앉아서 자신들이 해내야 하는 몫을 철저하게 해내고
집으로 돌아가는데, 나는 아닌 것 같았다. 나는 간신히 한다.
상한 기분을 그대로 두면서, 30분 연장 수업을 하면서, 열두
시간 이상 술을 마시면서.

　학생들을 보면 나보다 그 애들이 훨씬 낫다는 생각을
자주 한다. 혼자 어떻게 시간을 보내야 할지, 상한 기분을
어떻게 처리해야 하는지 알지 못해서 다음 날 9시까지 술을

마시고 집으로 돌아가지는 않을 테니까. 그래서 어찌 되었든 일요일이 되었는데, 그 일요일도 무엇을 해야 할지 몰라서 옷가지를 꺼내 빨래방에 가는 이런 심정에 대해서 알 필요도 없고, 알지도 못할 테니까. 부럽다. 아름답다.

빨래방에 가서 잔돈이 없어서 1만 원짜리를 모조리 500원짜리로 바꾸고 주머니에 넣었다. 주머니가 두둑한 느낌이 나쁘지 않았다. 이 정도의 무게가 행복한 기분으로 바뀌었으면 좋겠다고 생각했다. 그러면 짤방짤방 뛰어다닐 텐데. 매주 일요일 빨래방에서 짤방짤방. 그렇게 쉽게 행복해질 수는 없겠지만 그래도.

내가 아는 현주

새벽 4시가 넘어갈 무렵에도 나는 깨어 있었다. 술을
애매하게 마신 탓은 아니었다. 내가 깨어 있는 이유는, 보통
누군가를 이유 없이 기다리고 싶은 마음이 들 때다. 물론
정확히 누군가를 기다리는지는 모른다. 하지만 나는 그런
마음이 종종 들어서 잠을 설칠 때가 있다. 언젠가 좋은
연락이 올 거야, 누군가 이 밤에 반가운 연락을 하겠지,
등등. 그러나 그런 일은 전혀 일어나지 않는다. 아니, 가끔
일어나기도 한다. 그건 내가 아는 현주가 새벽 무렵 나에게
연락을 해 올 때다. 현주는 아마 그때마다 노가리에 고추장을
찍어서 소주와 같이 먹고 있을 것이다. 식탁에 앉아서 하나도
안 외로운 척을 하면서.

현주와 나는 고등학생 때 처음 만났다. 현주는 누구보다

건강하고, 누구보다 호탕하게 웃고, 누구보다 사람을 제대로
사랑해 주는 애다. 나 같은 사람은 사랑 같은 걸 제대로
하지도 못하고 한 적도 없지만, 현주에게 사랑은 언제나
가능하다. 현주는 사랑에 능숙하고 사랑의 천재니까. 그래서
나를 보면 매번 속이 터지는 현주니까. 애들 장난도 아니고.
현주는 매번 내 연애에 대해 그렇게 말한다.

현주는 내가 글을 쓴다는 이야기를 들을 때마다 자기가
사랑했던 이들에 대한 이야기를 써 달라고 말하고는
했는데, 내가 정작 현주에 대해 글을 쓴다면 현주가 나를
다시는 보지 않을 것 같아서 쓰지는 않았다. 그 대신 현주와
술을 마신 일들을 일기에 써도 되느냐고 물었을 때 현주는
무척이나 좋아했다. 그런 것도 쓸 수 있냐. 그런 게 재미있냐.
존나 재미없을 것 같은데. 현주가 말했고 나는 어느 정도
동의했지만 그런 말을 하면서 호탕하게 웃는 현주가 좋아서
꼭 현주에 대해 쓰고 싶었다. 사랑에 관한 모든 것을 빼면,
현주는 나와 닮았고 나는 현주와 닮았으니까.

현주를 처음 봤을 때를 다시금 떠올리자면, 현주는 그
당시 고등학생이었지만 맨 정신에도 반쯤 취해 있는 것 같고
덥지도 않은데 혼자 땀을 뻘뻘 흘리는 이상한 친구였다.
이상하지만 사랑스럽고 사랑스러워서 누구든 사랑해
버리는, 사랑의 도사가 될 준비가 된 애. 그래서 누구보다

부러웠던 애. 그때는 항상 붙어 다니면서 시시덕거리지 못하면 입에 가시가 돋을 것 같았는데. 현주가 만들어 준 계란말이, 김치볶음밥, 떡볶이가 아니었으면 지금 내가 없을지도 모르는데. 아, 먹고 싶다. 진짜 미치도록.

잠시라도 떨어져 있으면 죽을 것 같았는데, 지금 현주는 나와 멀리 산다. 내가 사는 곳과 400킬로미터 넘게 떨어져 있다. 현주는 고등학교를 졸업하고 현주를 똑 닮은 아이를 낳고 마트에서 일하면서 누구보다 똑소리 나게 산다. 현주는 이미 마트에서 일을 잘하기로 정평이 나 있고 가장 오래 근무한 직원이다. 현주는 여전히 호탕하게 웃고 덥지 않아도 구슬땀을 뻘뻘 흘리면서 산다. 그래서 그런 현주를 볼 때면 현주를 괴롭히는 새끼들을 누구든 반쯤 죽여 버리고 싶은 생각이 들기도 한다. 그러니까, 아무도 현주를 괴롭히지 마세요. 찾아가서 죽여 버릴지도 모르니까. 바보 같은 현주. 사랑하는 현주.

내가 아는 현주는 도통 연락이 없다가 나에게 갑자기 술을 마시자고 대뜸 연락을 하거나 내 꿈을 꿨다고 연락하는 것이 전부인 친구다. 본인에 대한 이야기는 전혀 하지 않고 그런 것들에 대해서만, 오직 시시한 것들에 대해서만, 마치 고등학생처럼 구구절절 이야기하는 애.

내가 아는 현주는 단 한 명이다. 나에게 현주는 단 한 사람밖에 없다. 나는 현주가 가끔 내 꿈을 꿨다는 얘기를 들을 때마다 현주가 잘 지내고 있는지, 잘 지내지 못하는지 대충 알 수 있다. 현주는 자기가 슬프거나 힘들 때에만 내 꿈을 꾸는 친구니까.

집에 불이 붙어서 막 타고 있는데, 네가 아무렇지도 않게 서 있더라고. 등에 불이 막 붙어 있는데 네가 그냥 서 있었다니까. 으하하.

나는 전화기 너머로 현주가 노가리를 쩝쩝 씹는 소리를 들었다. 하나도 안 웃긴데, 현주는 여전히 웃는다. 현주는 한참이나 꿈 얘기를 하다가 전화를 끊었다.

이제 곧 5월인데 날이 춥다. 따듯하게 입고 다녀.

현주가 마지막으로 말했고 나는 어쩐지 금방이라도 죽고 싶을 정도로 쓸쓸해졌다. 어딘가 헛헛한 현주의 웃음 소리. 그 뒤에 애기가 웅얼거리는 소리. 멀찌감치 들리는 티브이 소리. 나는 전화를 끊고는 편의점에 들러 노가리와 소주를 샀다. 그러고는 나도 현주처럼 노가리에 소주를 식탁에 펼쳐 놓고 우적우적 먹기 시작했다. 현주처럼 와하하 웃지는 않았지만 하나도 안 외로운 척을 하면서.

만두 먹고 술 먹고, 모든 게 잘 되진 않았어도

친구 둘과 용산에서 만났다. 원래는 땅콩 맛이 나는
커피를 마시려고 했는데 카페는 근처에도 가지 않고,
양꼬치를 먹으러 갔다. 친구들이 먼저 양꼬치 집에서 진을
치고 있었고 내가 한 시간 뒤늦게 도착했다. 내가 도착했을
때 친구들은 이미 취해 있었고 나는 언제나처럼 반쯤
찡그린 얼굴로 이럴 줄 알았다, 하고 인사를 했다. 친구들의
옷자락에는 벌건 국물이 튀어 있었고, 웃을 때마다 알코올
냄새가 풀풀 풍겼다. 한 시간 동안 얼마나 마셨는지는
모르겠지만 이미 테이블 가득 소주와 맥주병이 즐비하게
놓여 있었다. 친구들은 누구보다 기분이 좋아 보였고 그건
술을 마시지 않은 나도 마찬가지였다. 나는 단지 친구들의
얼굴을 보는 것 자체가 좋았다. 요즘은 사람을 통 만나지

않았으니까.

내가 친구들을 좋아하는 이유는 여러 가지가 있지만,
나보다 술을 더 좋아한다는 이유도 있었다. 친구들은 나보다
주정꾼이고, 언제나 모든 면에서 나보다 한 수 위였다.
그래서 어쩐지 내가 무슨 짓을 해도 다행이라는 생각이
들었다. 우리는 항상 누군가의 실수를 뒤따라갔기에 너
나 할 것 없이 다들 비슷한 실수담을 가지고 있었고, 그게
우리에게는 이상하게도 위로가 되었다.

물론 지금은 예전만큼 전투적으로 망가지고 실수하지는
않는다. 그것조차 반복하다 보니까 질려 버려서 하지 않는다.
그저 각자의 자리에서 각자의 시간을 보낸다. 일러스트를
그리거나 산책을 하거나 템플 스테이를 가거나 등등. 그리고
웃긴 말이지만 옛날과는 반대로 요즘은 좀 잘 살고들 싶어
한다. 진짜로 조금이라도 전보다 좀 나아지면 좋겠다고
버릇처럼 말한다. 진짜 잘 좀 살았으면 좋겠다. 그전보다 좀
나아지면 된 것 아니냐. 우리는 헤어지기 직전 늘 그런 말을
덧붙이며 작별 인사를 하고는 한다.

책이 나온 지 벌써 두 달이나 지났는데, 친구들은 내가
자리에 앉자마자 나를 위해 산 꽃을 내게 내밀었다. 만약
그들이 술에 취하지 않았더라면 나를 깜짝 놀라게 해 줄

심산으로 등 뒤에 숨겨 두었겠지만, 이미 만취한 그들의 가방 속 모든 물건은 의자에 테이블에 너저분하게 널려 있었다. 꽃도 그랬다.

"책 나온 거 축하한다."

친구가 건넨 꽃은 내 책의 표지를 닮은 수국이었는데, 기쁘면서도 슬펐다. 요즘은 나를 조금씩 기쁘게 하는 것들 때문에 기분이 안 좋다. 나를 들뜨게 하는 것들이 슬프다. 들떴다가 금방 다시 제자리로 돌아올 것을 생각하면 작은 일이라도 조금 무섭다. 나는 언제부터 이렇게 겁쟁이가 되었을까. 겁쟁이라는 말을 듣기 무서워서 이때까지 겁나지 않은 척하며 살았는데, 이제는 그것도 쉽지가 않다. 요즘은 그냥 모든 것이 겁이 나고 모든 것이 두렵다. 그리고 그렇다고 말하고 싶어진다. 나는 겁이 많아요. 그래서 나는 슬퍼요. 나는 울고 싶어요. 나는 집에 가고 싶어요. 그러니까, 슬프지 않은 사람들은 얼마나 기쁠까요. 얼마나 겁이 없을까요. 나는 생각한다.

슬픈 생각을 하다 보니 무언가 입안 가득 넣고 싶어졌고, 때마침 친구들이 만두를 시켜 주었다.

"우리는 안주 다 먹어서 술만 마시면 돼, 너 밥 안 먹었으니까 만두 먹어라. 너 만두 환장하잖아."

나는 고개를 끄덕였고, 그러고는 곧바로 소맥 세 잔을
연달아 마셨다. 목이 말랐고 그렇게 하고 싶었다. 나도 얼른
친구들처럼 벌겋게 취하고 싶었다.

"다시 올라온 거야?"

친구가 물었고,

"아니. 왔다 갔다 하는 거야. 일 있을 때만."

내가 답했다. 친구들은 분명 내 안부를 더 자세하게 듣고
싶었겠지만 정말 그게 전부여서 그것밖에 대답할 수가
없었다.

나는 요즘 정말 그렇게 지내고 있었다. 시골에서 지내다가
약속이 있을 때마다 혹은 잔일거리가 생길 때마다 버스를
타고 서울이든 일산이든 오갔다.

나는 요즘 돈도 안 벌고 학생들도 잘 안 가르치고 글도
안 쓴다. 내가 시골에서 하는 일이라고는 가만히 앉아서
마음이 괜찮아질 때까지 아무런 생각이나 늘어놓는 것이다.
그냥 그렇게 하고 싶었으니까. 아무것도 하지 않고 아무도
만나지 않고 아무도 보고 싶어 하지 않고 아무도 사랑하지
않는 상태가 좋았다, 행복했다. 그래서 나는 매일 일이
끝나고 약속이 끝나면 전속력으로 시골로 달려가서 방문을
걸어 잠갔다. 아무것도 들어오지 못하게, 아무도 나를 보지
못하게. 그냥 제자리로.

매번 너무 빨리 나와서 감탄하던 만두가, 그날은 다른 날과 다르게 훨씬 늦게 나왔다. 나는 만두가 나오기 전에 이미 반쯤 취해 있었고 친구들은 이미 저마다의 세계로 가 버린 뒤였다. 한 명은 이유 없이 훌쩍거리고 있었고, 한 명은 이유 없이 깔깔거렸다. 나는 만두가 나오자마자 만두를 맨손으로 집어서 한입에 꿀꺽 먹었다. 맛있다, 라고 말하며 먹고 있는데 취한 친구들이 맛있냐, 라고 뒤늦게 물었다. 그러고는 친구들도 나를 따라 맨손으로 만두를 집어 입으로 가져다 넣었다. 친구들이 뜨거운 김이 나는 만두를 맨손으로 들고 호호 불며 먹고 있었다. 바보들, 멍청이들. 잘 살자면서.

술도 만두도 동났을 때, 우리는 다시 또 술을 시켰다. 맛있네, 맛있어. 계속 뒤따라 붙는 말들이 있어서 좋았다. 모든 게 여전히 그전보다 잘 되지 않았어도, 그래도 만두가 맛있었으니까.

2부

선생과 사이다

　요즘은 매일 비슷한 꿈을 꾼다. 나는 꿈속에서 관광용
크루즈 갑판에서 시내를 바라보고 있다. 입속에는 무언가를
오물오물 씹고 있고(아마도 눅눅한 감자튀김일 것이다.), 손에는
생수 한 병을 든 채로 혼자다. 크루즈 직원이 아무렇게나
들이댄 카메라에 멋쩍게 웃어 보이기도 하고, 찍혀 나온
사진이 마음에 들지 않아도 기꺼이 돈을 지불하기도 한다.
나는 매일 밤, 배 위에서, 갑판에 혼자 서 있다. 관광객처럼,
관찰자처럼, 진짜 유령처럼. 아무도 나에게 말을 걸어 주지는
않는다. 나는 배 위에서, 갑판에서, 배가 멈출 때까지 서서
누군가들을 바라보다가 잠에서 깬다. 그리고 잠에서 깨면
아무 이유도 없이 가슴이 찢어질 듯 아프다. 정말 별것
아닌 꿈인데도 불구하고, 심장이 빨래라도 되는 것처럼 꽉

쥐어짜지는 느낌이 든다.

어이없게도 아무런 연관성이 없지만, 그 풍경 속에 있다
보면 번뜩 내가 사랑했던 사람, 내가 소중하게 생각했던
사람들이 모두 과거에 살고 있다는 기분까지 들어 버린다.
그 꿈이 마치 나의 현재는 조용하고 (앞으로도 조용할 것이며)
아무도 모르는 낯선 곳에서 멀뚱히 시간을 보낼 일만
남았다는 예언처럼 느껴지기도 한다. 그래서 그런 꿈을 꾼
날에는 좋아하던 감자튀김을 입에도 대지 않는다. 감자튀김
안 먹어. 감자튀김 재수 없어. 감자튀김 존나 퍽퍽해, 목이 콱
막힐 것처럼.

최근에 여행을 가려고 모아 두었던 적금을 병원에 가려고
깼다. 누군가에게 말하지 않으면 죽어 버릴 것 같아서.
말하자면 심리 상담과 비슷한 것인데, 선생이 유능해서 통
못 자던 잠도 잘 자게 해 주고 공황 장애도 낫게 해 주고,
무엇보다 사람들 앞에서 괜찮은 사람처럼 보일 수 있게
도와준다. 선생과 만나기 전에는 길에서, 지하철에서 엉엉
소리 내어 울거나 욕을 하기도 했었는데. 요즘은 전혀 그러지
않는다. 그런 마음이 들지가 않는다. 작은 상자에 나를
안전하게 넣고 다니는 기분이 든다고 해야 할까.

가끔 선생과 얘기하고 있으면 돈을 주고 내 비밀을

지켜 달라고 약속하고 있다는 생각이 들기도 한다. 이제껏
누군가에게 돈을 내고 비밀을 지켜 달라고 했다면, 그게
가능했다면 내가 가진 마음의 짐이 조금은 덜했을까. 좀
괜찮은 사람이 되었으려나. 아무리 생각해 봐도 잘 모르겠다.
따지자면 선생은 본인의 직업 소명으로서 내 비밀을 지켜
주는 것일 테니까.

어쨌든 선생은 유능하고 똑똑하고 내가 일상을 잘 이겨
내길 바란다고 말한다. 선생에게 한 말들은 내가 이제껏
누구에게도 하지 못한 말들이다. 내가 사랑해서 나를
괴롭혔던 사람들에 관한 말들이다. 내가 사랑한 사람들도
나처럼 그저 나를 사랑해 주기만 했으면 좋았을 텐데.
그랬다면 길에서, 지하철에서 엉엉 울거나 욕하지 않았을
텐데. 사랑만을 사랑하는 사람은 거의 없다. 사랑만을
사랑하는 사람은 혼자서 시간을 보내는 것에 익숙해야 한다.
찰흙 같은 마음을 혼자서 조물조물 만지작거려야 한다.
그렇기에 그것을 좋아할 수 있는 사람은……

선생이 나에게 자주 하는 말은, 내 잘못이 아니라는
말이다. 그런데 내 잘못이 아닌데, 내가 이렇게 시시한
악몽에 심장이 쥐어짜지듯 아플 리가 없잖아요. 그렇잖아요?
이렇게 말하고 싶었는데, 선생이 나에게 질려 버릴까 봐

하지 않았다. 선생도 돈을 받고 나를 치료해 주고는 있지만 어쨌거나 사람이니까.

별것 아니더라도 무언가 힘들거나 끔찍한 일이 벌어졌다고 생각했을 때, 그것에 대한 보상을 조금씩 해 주세요. 아주 사소한 것이더라도. 술은 마시지 마시고요.

술 안 마셔요. 맛없어요.

나는 멋쩍게 웃거나 완전히 표정을 굳힌 채 대답한다.

선생과의 대화는 선생이 나에게 주의를 주는 것으로 끝이 난다. 요즘 나는 정말 술을 입에 대지 않는다. 진탕 마시면 또 진탕 토해 버리니까, 그게 싫어서. 요즘은 술 대신 악몽에 대한 보상으로 사이다를 마신다. 딱히 선생의 말이 떠올라서라기보다 어쩐지 사이다가 마시고 싶어지기도 했다. 꿈에서 나는 민숭민숭한 생수만 홀짝였으니까. 예전에는 탄산음료를 자주 마시던 친구한테 그만 좀 마시라며 잔소리를 달고 살았는데, 이제는 내가 탄산을 입에 달고 사네. 웃긴다. 인생은 웃겨. 시간이 지날수록 나를 점점 가벼운 사람으로 만들어. 노인이 된다면 나는 얼마나 우스운 사람으로 기억될까. 젊은 시절 탄산을 많이 마셔서 뚱뚱하고 당뇨를 달고 있는 노인? 새벽에 사이다를 홀짝홀짝 마시면서 여러 생각을 했다.

잘 산다는 건 뭘까, 최선이라는 게 뭘까.

내가 좋아하는 J 선생님의 말에 따르면, 그저 최선이라는
것은, 엉엉 울어 버린 다음에 밥을 쓱쓱 비벼 먹으며 자신을
위로해 주는 일이라고 했다. 하긴, 정말 그러네. 최선이라는
게 별것 아니거든. 최선이라는 건, 무언가를 유지하기만 해도
붙는 가벼운 이름 같은 것이거든.

　　5월 중순이 넘어가는데, 여전히 밤에는 추워서 몸을
오들오들 떨게 된다. 올해는 시간이 나만큼이나 느리게 간다.
다 조금씩 천천히 늦어져서 꼭 계절을 두 번씩 보내는 것
같은 기분이 든다.
　　상담을 가기 전에 편의점에 들러 사이다 두 캔을 샀다.
선생의 말대로 내 잘못은 아니지만, 선생도 힘들 테니까.
선생도 보상이 필요하니까. 시원하고 달고 목이 뺑 뚫리는
그런 맛. 최선에 가까운 그런 맛. 그런 게 필요할지도 모르지.

아주 예리한 칼

"아주 예리한 칼로 사람의 심장을 찌르면, 그 사람은 바로
쓰러지지 않는다."[1]

위 문장을 읽었을 때, 문장에 찔린 것처럼 가슴이 아파
오는 기분이 들었다. 그렇지, 그렇지, 하면서 지하철에서
고개를 끄덕거렸지만 동시에 정확히 느껴지는 그 통증에
잠깐 멍해질 수밖에 없었다. 지하철 안 사람들은 아무 데도
관심이 없는 표정으로 어딘가를 쳐다보거나 핸드폰을
보거나 술 냄새를 풍기고 있었다. 나는 읽었던 문장을 여러
번 반복해 읽었다. 지하철 맨 끝자리에서 앉아서였고, 가슴이
조이는 듯한 느낌에 몸을 웅크린 채였다. 지하철 안에서 책을

1 서보 머그더, 김보국 옮김, 『도어』(프시케의숲, 2019).

보는 사람은 나 하나였다. 이 책의 문장을 지금 지하철을 함께 타고 있는 사람들에게 알려 주고 싶었는데, 당연히 그러지는 못했다. 그러고는 그 문장에 멈춰서서 생각했다. 예리한 칼로 사람의 심장을 찌르는 사람은 뭉툭한 칼로 찌르는 사람보다 더 악랄한 사람일 것이라고. 그리고 분명 칼로 찌른 사람과 칼에 찔린 사람은 서로 사랑했던 사이일 것이라고.

　문장을 여러 번 곱씹고 나서 주위를 둘러보았을 때, 갑자기 주변의 모든 움직임이 느껴지지 않았다. 모두가 잠깐 멈춰 버린 느낌. 갑자기 모든 게 낯설고 어색해 보이는 느낌. 다시 주위를 둘러보았을 때, 내 신발 코에 달라붙어 있던 눈이 녹아 신발을 적시고 있는 모습만이 눈에 들어올 뿐이었다. 나는 천천히 젖어 가는 신발 코를 보면서 잠깐 숨을 죽였다. 알 수 없는 무력감과 은은한 공포감. 누군가에게 찔리고 찔렀던 기억들. 시간이 많이 지나서 완전히 과거가 되어 버렸다고 생각했던 것들이 여전히 내 몸속에 살아 있구나. 더 괴로울 것도 없다고, 소진되었디고 느꼈을 때에도 나는 여전히 어떤 기억과 상처가 몸속을 돌아다니고 있다는 느낌을 그대로 몸으로 받아 내고 있네.

　지하철이 철컹거리며 달려가는 소리가 귀를 먹먹하게 했다. 나는 책을 덮고 소설 속 한 인물인 '에메렌츠'에 대해

떠올렸다. 너무 따뜻한 사람이었기에 차가워지는 것을
선택할 수밖에 없었던 사람.

　서보 머그더의 『도어』라는 소설은 '내'가 고용한
가정부 '에메렌츠'와 '나' 사이의 이야기를 다룬다. 소설
속 에메렌츠는 남들은 이해할 수 없는 자기만의 방식을
고수하는 사람이지만, 그는 그것과는 별개로 뛰어난
능력자라고 불릴 만한 사람이다. 그렇기에 모두가
에메렌츠를 신임하지만, 에메렌츠 본인만은 절대 자기
자신을 신임하지 않는다. 아무리 가정부 일을 하더라도
더러운 속옷은 빨지 않는 자신만의 철칙을 깨지 않는
에메렌츠. 조모의 시체를 침대 아래에서 발견한 이후 소파나
안락의자에서만 잠을 자는 에메렌츠.

　내가 소설을 좋아하고, 또 싫어하는 이유는 현실에서보다
더 사랑할 수밖에 없는 사람들을 소설 속에서 만나기
때문이다. 그리고 소설 속 그 사람들이 나도 잘 알지 못했던,
다시는 들여다보고 싶지 않은 아픈 구석을 아무런 예고 없이
끄집어내기 때문이다.

　지하철에 내려서 지상으로 향하는 계단을 한참을
올려다보았다. 속에서 무언가가 얼마나 뒤틀린 모습을 하고
있는지 모른 척하다 보면 결국 눈덩이처럼 불어난 상처가
가끔씩 나의 모든 생각을 멈추게 한다.

나는 이 소설을 이후에도 여러 번 반복해서 읽었는데, 그때마다 마음이 아팠다. 아픔의 원인은 전부 다 에메렌츠 때문이었다. 그러나 더는 위의 문장에 그때만큼 멍해지지는 않았다. 나는 책을 읽을 때마다 에메렌츠의 얼굴을 떠올렸고, 이제는 읽기도 전에 가끔 내가 떠올린 에메렌츠의 얼굴을 그리워하기도 했다. 에메렌츠의 얼굴과 등을 쓰다듬거나 따듯하게 안아 주는 상상을 하면서 혼자 소설 속 에메렌츠에게 말도 안 되는 위로를 건네기도 했다. 저 문장 다음에도 멈출 수밖에 없는 부분들이 소설 곳곳에 있기도 했다.

사람들은 가끔 내가 한 책을 오랫동안 가지고 다니는 것을 보고 같은 책을 왜 이렇게 반복해서 읽냐고 묻는다. 그때마다 나는 이 책이 좋기만 해서 반복적으로 읽는 것만은 아니라고, 그들이 잘 알아듣지 못할 애매한 대답을 내놓는다. 그들은 내가 매일 지니고 다니는 책을 보고 소개해 달라고 말한다. 그러면 나는 조금 뜸 들이다가 말한다. 이 책은 '내'가 에메렌츠를 어떻게 배반했는지에 대한 이야기라고. 그리고 나는 내 대답에 그들이 어떤 질문을 하기 전에 다시금 강조한다. 다시 한번 말하지만, 이 책은 정말 잔인한 배반에 관한 이야기라고.

5월에 쓴 소설

5월 말에 소설을 썼다. 오랜만에 쓴 소설이었다. 마지막 결구만 남겨 두고 처음부터 다 지우기를 여러 번 반복했다. 아쉬움은 없었다. 너무 별로라서 지우는 편이 나을 것 같았다. 자꾸만 생각이, 장면이 머릿속에서 바뀌는 속도를 따라가기 힘들었다. 마음이 조급했다. 어떻게 하면 기한 내에 잘 맞춰서 쓸 수 있을지, 눈을 감으면서도 생각하고 눈을 뜨면서도 생각했다.

집에서 소설을 쓰면서는 항상 호밀빵만 먹었다. 소설을 쓰면서 앉아 있을 때마다 자꾸 몸이 붓는 기분이 싫어서였다. 점심, 저녁으로 호밀빵을 두 쪽씩 구워 먹었다. 호밀빵을 굽고는 아무런 간 없이 아작아작 씹기만 했다. 목이 막히면 진하고 시원한 커피를 쪽쪽 빨아 먹었다. 호밀빵을 먹을 때마다 생각한 것은 아무래도 내가 이번 소설을 잘 쓸 수 없다는 생각뿐이었다. 그래서인지 그때 이후로 지금도 호밀빵만 보면 자동으로 그 생각이 떠오르곤 한다. 잘 할 수 없음. 잘 해낼 수 없음. 빵을 씹을 때마다 부스러기를 책상 위로 흘리면서 먹던 모습들이 머릿속을 스쳐 지나갔다. 예전처럼 울고 싶은 기분이 들거나 울상이 되는 것은 아니었다. 그저 아무런 감정의 동요 없이 그런 생각을 하고 있었다. 잘 하지 못한다고 해서 속상하거나 몸 둘 바를 모르겠다거나 스스로를 못 견딜 것 같은 기분은 들지 않았다. 어차피 늘 뜻대로 되지는 않았으니까.

　냉장고를 열어 보면, 아직도 그때 사 둔 호밀빵이 유통기한이 지난 채 냉장고에서 두 달째 서식하고 있다. 조금도 손대지 않아서 곰팡이 하나 없이 원래의 모습을 자랑하고 있는 호밀빵들을 보고 있으면, 그것들이 나한테 무언가를 말하는 것 같다는 생각이 들기도 한다. 좀 잘 해 봐, 아니면 그냥 인정해, 같은 말들. 나는 호밀빵들을 물끄러미 바라보다가 알 수 없는 마음으로 냉장고를 닫았다.

　언제부터 소설을 쓰고 싶어 했더라, 솔직히 잘 기억나지 않는다. 쓰려고 엄청 마음 먹지는 않았고, 그저 이것저것 쓰려고 하다 보니 그게 소설과 제일 비슷한 무언가였던 것 같다. 따지고 보면 나는 전혀 솔직하지 못한 사람이었는데,

자신이 솔직하다고 믿는 사람이었다. 거짓말을 진짜처럼 아주 조금씩 바꾸어서 말하기를 잘 했으니까.

내가 처음 쓴 소설의 제목을 나는 아직도 기억한다. 첫 소설의 제목은 손톱, 이었는데 아주 못 쓴 이상한 소설이었다. 손톱을 잘 깎지 않는 인물이 나오는 소설. 그때만 해도 내가 지금까지 소설을 쓸 것이라는 생각은 하지 못했다. 워낙에 잘 쓰지 못했으니까. 못 쓰는 소설을 계속 쓰기보다 학교를 졸업하고 직장을 구하게 된다면 그것도 나쁘지 않다고 생각했다. 그럴 수 있다면 좋겠다고 생각하기도 했다. 정해진 시간에 책상에 앉아서 일을 하고 정해진 금액을 받는 일. 안정적이지 않지만, 안정적으로 보일 수 있는 일. 물론 그때와 지금이 크게 다르지는 않았다. 소설을 쓰고 있기는 하지만 지금도 소설을 잘 쓸 수가 없다는 것을 아니까. 되는 대로 쓰고, 다시 한번 해 보고, 안 되면 다음 번에 잘 써 봐야지, 생각할 뿐이니까. 다음이 있다면 좋은 일인 것이고, 없다면 좀 슬프겠지. 슬프지만 어쩔 수 없다고 생각하겠지. 나는 그러한 상황들을 '어쩔 수 없다.'라고 말할 수밖에 없다. 그런데 진짜 '어쩔 수 없다.'고밖에는 말할 수 없을까? 그게 최선일까.

소설을 쓰는 동안에는 항상 동네를 걸었다. 같은 자리를

빙빙 돌면서 혼잣말을 하기도 했다. 잠옷 바람 비슷한
차림으로 슬리퍼를 직직 끌고 돌아다니면서 어떤 생각에
잠겨 있는데 사실 그건 생각이라기보다 기분에 가까울
것이었다. 그렇게 한참을 빈손으로 털레털레 걷다 보면
슬리퍼 밑에 채이는 돌멩이처럼 무언가를 툭 알게 될 때가
있었다. 노력하고 쥐어 짜내도 결국에는 넘지 못하는 부분이
있다는 것. 노력으로도 통제할 수 없는 부분은 당연하리만치
늘 있다고. 통제의 통제의 통제와 반대의 반대의 반대를
생각해 봐도 모든 것은 항상 나중에 드러난다고.

첫 번째 소설집을 내고 생각이 정리되지 않아서 한동안
소설을 쓰기가 어려웠다. 다시 그 소설들을 바라보기
힘들었고, 그렇다고 그냥 지나 보내기도 힘들었다. 시간이
지나고 나서 나는 그 책이 나에게 무슨 의미였는지 생각했다.
생각을 거듭할수록 그 책의 의미는 간단했다. 그저 나의 첫
번째 책이 나왔다는 것이 전부였다. 그러나 그렇게 간단한
의미와는 별개로 마음이 힘들었디. 다시 앉아서 내가 쓴
소설집을 꺼내 읽을 때마다 그 이야기들과 그 이야기들 속의
생각들이 전부 다 옛날이야기처럼 느껴졌다. 내가 아닌 다른
사람이 쓴 엉성한 이야기로 읽히기도 했다. 자신의 책을
소중하게 생각하는 이들도 있겠지만, 지금 나에게는 내 책은

그저 물질 같다는 생각밖에는 없다. 물론 그 시절을 생각하면 호밀빵이든, 샌드위치든, 무엇이든 생각나면서 한편으로 쓸쓸하지만.

마감을 미룰 수 있을 때까지 미루고, 소설을 마무리했다. 소설을 다 쓰고도 한참을 그 소설을 쓸 때의 생각에 머물러 있었다. 소설에 나온 누군가처럼, 혼자서 '무언가를 결심할 수밖에 없는 사람'과 '결심하지 않아야 하는 사람'의 생각 사이를 여러 번 오갔다. 이미 쓴 지 오래였지만 여전히 소설 속에 머물러 있는 듯이 우울했고, 묘하게 가슴이 꽉 막힌 기분이 들었다. 그래서인지 더더욱 냉장고 속의 빵을 버리지 못했다. 소설을 보내고 나서 아무에게도 말하지 않았지만, 언제까지 쓸 수 있을까? 내가 더 쓸 말이 있을까? 생각했다. 없다고 생각할 때도 있었고 그래도 아직 있다고 생각할 때도 있었다.

다 쓰고 난 다음에는 항상 밀린 숙제를 해치운 사람처럼 이상한 감정이 넘실넘실 찾아왔다. 이유 없이 털썩 털썩 아무렇게나 앉아 버리고 싶고, 한바탕 침이나 콧물을 줄줄 흘리면서 울고 싶고. 죽어도 포기가 안 되던 그런 부분들과 마음들이 천천히 허물어지고.

한동안 아무것도 하지 않다가, 주말이면 영화를 몰아서

봤다. 누군가가 입술을 깨물며 울음을 참거나 아니면 콧물과 눈물과 침을 쏟으면서 우는 영화들. 그런 장면을 보고 있으면 마음이 씻기는 것처럼 개운한 기분이 들었다. 그 정도로는 안 되지, 더 울어 봐, 속으로 중얼거리면서.

소설을 다 쓰고 나면 원래 머릿속에 아무것도 없던 것처럼 머리가 텅텅 비는 듯한 기분이 들곤 한다. 엉망이 된 퍼즐을 다시 제자리에 가져다 놓는 것처럼 나는 답이 없는 질문을 한다. 왜 쓰지? 왜 하지? 왜 살지? 왜 웃지? 왜 울지? 어찌저찌 답을 해 보려 해도 온통 마음에 안 들어서 동네를 빙빙 돌면서 답없는 질문을 스스로에게 계속 던져보게 된다.

5월에 마지막으로 쓴 소설의 제목은 '보통의 결심'과 '조용한 생활'이다. 한 편으로 엮을 수도 있었던 소설을 완전히 다른 인물을 등장시켜서 두 편으로 쪼개 놓았다. 두 편을 썼지만 한 편을 쓰고 있는 느낌이었다. 그리고 쓰면서 분량이 더 길어져야 한다는 생각을 하기도 했다. 소설을 쓸수록 부족한 것을 느껴서인지, 그저 자꾸만 늘어지는 것인지, 아니면 둘 다인지 알 수는 없었다. 읽는 이들은 아니라고 할지 모르지만, 나에게 그 소설에 등장하는 두 인물이 같은 사람처럼 느껴진다. 어떤 것을 선택할지 고민하는 인물과 어떤 것도 선택하고 싶지 않다는 생각을 하는 인물은 모두 한 몸에서 나온 생각이니까. 소설을 쓰고 나서 친구들에게 내가 쓴 소설에 대해서 몇 마디 물어보았다. 그때 나는 조금 얼큰하게 취해 있었고 취했음에도 창피해서 웅얼거리며 물었다. 나 이렇게 쓰는데 계속 쓸 수 있나. 한 것도 없는데 왜 이렇게 지치지. 엄살이 너무 심한가.

소설을 쓰고 나서 '결심'이라는 단어가 어디에 붙는지 혹은 어떤 생각에 붙는지에 따라서 무섭고 거북하거나 감당하기 힘든 것처럼 느껴졌다. 지금도 어떤 사람들은 어떤 결심 앞에 놓여 있기도 하겠지. 나와 아무리 가까운 사람일지라도 그 결심을 이해하기는 어려운 법이겠지. 그러면서도 아는 척 무언가를 썼네. 그렇게 알 수 없는 마음을 담아서, 또.

매일 무슨 일이 일어나는 것인지

매일 나에게 무슨 일이 일어나는지에 대해 나는 거의
대부분 그 일들을 적어 둔다. 한 줄, 두 줄, 혹은 단어로
정리하기도 한다. 나는 내가 알아볼 수 있을 정도의 사실들만
나열한다. 그리고 절대 아무도 못 알아봤으면 좋겠는
일들을—어차피 누군가 들여다 볼 일이 없다고 해도—
암호화하는 날들도 있다. 심지어 비밀번호가 걸려 있는
메모장이나 공책 뒷편에 아주 작은 글씨로 적어 두기도 한다.

ㅇㅈㄴ ㅁㅇ ㅇㅍㅅ ㅂㅇㅇ ㄱㄷ. ㅇㅁㄷ ㄴㄱ ㅇ ㅇㅛㅅ
ㅁㄹㅈ.

일기를 한 번만 쓰기에는 부족한 날도 있다. 그런 날이면
일기를 점심과 저녁에 나누어서 점심 일기와 저녁 일기를
쓰기도 한다. 그린 날들은 병원에 들렀거ㅏ 갑자기 과거의

어떤 일에 함몰되는 이상한 날들이다. 누군가 보고 싶지만 볼 수 없는 감정을 나는 참기 힘들어 한다. 모든 감정들은 과거에 있고, 나는 재활용 쓰레기 봉투에서 여름철 내내 썩어 가는 수박이 된 것 같은 기분이다. 나는 강박적으로 그런 순간들에서 느껴지는 것들을 적는다. 대부분 참을 수 없는 기분에 관련된 일들, 혹은 참을 수 있었던 기분에 대한 칭찬의 기록들이다.

쓰지 않으면 나는 답답하다. 누군가에게 이런 것들을 보여 줄 수도 없고, 보여 주고 싶은 생각은 추호도 없지만 나 자신에게도 비밀인 것처럼 나는 쓰고 있는 경우가 많다.

ㅇㄹ ㅅㄱㅇ ㅇㅁㄷ ㅂㅁㅇ ㅁㅇ ㅅㄹㄷㅇㄹㅁ ㅎㅂㅉ ㅎㄱㅈ?

나에게 무언가를 말하는 것은 무언가를 쓰는 것보다 훨씬 더 오래 걸리는 일이다. 결국 쓴다는 것은 나에게 덜 번거롭고 경제적인 일이다. 때때로 그 반대이기도 하지만. 어쨌거나 이런 글들은 내가 매번 어떤 상태인지에 따라서 나에게 다른 메시지를 보여 주곤 한다. 그리고 내가 절대 말로 꺼낼 수 없는, 때로는 쓰기도 힘들 정도로 나를 괴롭게 하는 일들에 대해서 허심탄회하게 쓸 수 있도록 도와준다. 가끔 무언가를 쓰면서 특히나, 소설을 쓰면서 어디까지나 솔직해질 수 있을지에 대해서 생각한다.

소설이 언제나 솔직함을 필요로 하는 것은 아니지만, 나는 언젠가부터 소설을 쓰면서 솔직함에 대해서만 생각을 하고 그것으로부터 나를 지키기 위해 경계하고, 최대한 나를 지킬 수 있는 뚜껑을 만들기 위해 글을 짜기도 한다. 그 판에서 실패하면 뭣도 아닌 요상한 소설이 되는 것이고 실패하지 않으면 그런대로 그런 모양의 소설이 되는 것 같다.

ㄱㄹ ㄱㅁㅅ ㅁㅇㅇㄲ? ㄴㄴ ㅇㅈㄷ ㄷ ㅇㄱ? ㄷㄷㅊ ㅁㅇㅇ?

단순하고 명료해지고 싶었다. 그래서 오늘은 일부러 일기에 암호를 쓰지 않았다. 냉장고에 남은 김밥이 있길래, 그걸 딱딱한 채로 먹었던 것에 대해 썼다.

어제 남은 참치김밥을 딱딱한 채로 먹었다. 출근 시간이 다가오는 바람에 전자레인지에 데울 시간도 없었다. 두유를 마실까 했는데, 안 마셨다. 소설책을 읽었는데, 너무 좋아서 어제도 한 번 읽고 오늘도 한 번 읽었다. 다른 여러 소설에서 찾지 못했던 것들이 있어서 좋았다. 내 생각에는 소설이라는 것은 어떤 면에서 정말 최고의 것들인데, 가끔씩 그것들마저도 정확히 어떤 지점을 말해 주거나 보여 주지 않기도 한다. 그건 쓰는 사람의 마음일 것이고, 어쩌면 의도된 모양일지도 모르지만 나는 사실 좀 더 그것들을 들여다보는 소설을 읽고 싶다. 뭘 제대로 읽고 싶지? 하면

임신 중절에 대해 정확하게 쓴 소설을 읽고 싶다. 그 반대의
경우도. 그리고 여자들만 겪는 이야기를 되도록 많이 읽고
싶다.

어제

　모든 과거가 어제, 로 통용되면 좋겠다고 생각한 적이
있었다. 긴 이야기를 붙이지 않아도 어제, 라는 단어로 모든
것을 설명하고 싶었다.

　나는 원래 시를 쓰고 싶었다. 지금은 시를 아예 쓰지
못한다는 말이 아니라, 처음에는 소설에 관심이 없었다. 읽는
것은 좋아했지만 이렇게 장황하고 긴 이야기를 쓸 수 없을
것 같은 생각 때문에 소설을 써야지, 같은 마음은 자연적으로
하지 않았던 것 같다. 그만큼의 인내심과 힘이 나에게 없을
것이라고 생각했다. 시가 좋았고 시가 안 예뻐서 좋았다.
누군가들이 아름답다고, 예쁘다고 하는 시도 한편으로
징그러운 구석이 있다는 것이 나에게 가장 큰 매력이었다. 그
시절을 떠올려 보면 나는 촌스러웠다. 겉과 속이 촌스러운

생각으로 똘똘 뭉쳐서 앵무새처럼 같은 말을 반복하고, 같은 생각을 반복했다. 아고타 크리스토프의 책을 만나게 된 것은 대학생 때였다. 이제는 누구나 다 알 만한 책인 『존재의 세 가지 거짓말』로 그를 처음 만난 것은 아니었다.

나한테 아고타 크리스토프가 누구인지 알려 준 책은 분홍색의 표지의, 『어제』라는 짧은 장편 소설이었다. 막연히 제목에 이끌려 책을 골랐다. 그리고 첫 문장을 읽었다. 그 소설의 첫 문장은 이렇게 시작한다. "어제는 내내 무척 아름다웠다. 숲속의 음악, 내 머리칼 사이와 너의 내민 두 손 속의 바람, 그리고 태양이 있었기 때문에." 그리고 그 뒤에 이어지는 문장들은 이런 것이다. "어제도 바람이 불었다. 나는 그 바람을 잘 알고 있었다. 이른 봄이었다. 나는 다른 날 아침과 마찬가지로 그 바람을 맞으며 부지런히 걷고 있었다. 그렇지만 침대로 다시 기어들어가고 싶은 마음이 굴뚝 같았다. 아무 생각도 욕망도 없이 꼼짝 않고 드러누워 있고 싶었다. 기억의 지평선 저 너머에서 가물거리는 아주 희미한 추억 외에는 아무런 소리도 냄새도 맛도 느낄 수 없는 그런 경지에 이를 때까지."[2]

선 채로 그 책을 여기까지 읽었을 때, 그의 모든 작품을

2 아고타 크리스토프, 용경식 옮김, 『어제』(문학동네, 2007), 9쪽.

좋아할 수 있을지는 모르겠지만 그 작가를 엄청나게 좋아할 수 있을 것 같은 기분이 들었다. 그리고 실제로 나는 여전히 그가 쓰는 것들을 거의 다 좋아한다. 『어제』의 내용을 대략적으로 말하자면, '나'는 사랑하는 '린'을 기다리는데, '린'을 결코 만나지는 못한다. 그러나 나의 현재 삶에서는 '욜란드'라는 아내와 딸, 그리고 아들이 있다. 모든 것이 바뀌었고 결국은 '나'가 그토록 원하던 '린'을 만나지 못했지만, 삶은 계속된다. 그리고 '나'가 더 이상 글을 쓰지 않는 것으로 이야기가 끝이 난다. 애초에 '나'가 글을 쓰게 된 이유는 '린' 때문이었으니까. 그의 마지막을 읽으면서 나는 후련했다. 이 책의 제목은 모두 과거인 어제, 이니까. 그저 지난 어제의 이야기. 그의 책을 읽으면서 그가 부러웠다. 그렇게 모든 것을 어제의 이야기로 만들 수 있는 그가 천재적이라고 생각했다.

그 당시 나는 웅얼웅얼거리면서 그저 어제의 관한 기억들을 나열하는 것밖에는 할 수 있는 일이 없었다. 내가 생각하기에 그의 문장들은 가혹하고 가차 없었다. 실제로 그의 삶도 그러했으니까. 그의 책을 읽고 가슴이 두근거렸다. 소설이라는 것이 이렇게 개인에게 어떤 타격을 줄 수 있다는 것을 그때 조금 알게 된 것 같다. 결국은 이야기가 남는다는 것. 그 이야기가 구겨진 옷 같은 나를 서랍장에 잘 정리해 줄 수 있다는 것을. 그때부터 소설이라는 것을 쓰면 좋겠다, 쓰고 싶다는 마음을 먹었던 것 같다. 소설이 재미있었다. 늘어진 어제를 붙잡고 무언가를 쓰고 있으면 조금 기분이 나아졌다. 잘하는 것이 중요한 것이 아니라, 내가 후련하면 그만인 마음으로.

처음에 쓴 소설에는 삼촌이 많이 나왔다. 삼촌을 삼촌으로 두지 않고 애인으로 만들기도 했다. 손톱을 자르지 않는 애인. 손톱에 지저분한 때가 끼어 있는 애인. 언젠가 소설을 계속 쓴다면 나도 어제, 라는 제목으로 무언가를 쓸 수 있지 않을까 하는 기대를 품어 보기도 하고. 그러나 분명 시간이 걸릴 것이라는 것도 알고 있지.

어쩌다가 쓰다 보니 소설에 가까운 무언가를 쓰고는 있지만 가끔 뒤돌아서 생각해 보면, 내가 소설을 몇 편 써 왔고 쓰고 있다는 사실에 가끔 놀라기도 한다. 어쩌다가 무언가를 쓰려고 마음을 먹었는지, 순간 모든 것이 아득해질 때가 있기도 하다. 모든 것이 어제, 로 통용된다면 누군가가 건넨 질문에도 손쉽게 대답할 수 있을 텐데. 나는 대답하기보다 대답을 망설이는 쪽이다. 나에게 아직 어제, 라고 할 만한 일들이 정리되지 않았고, 어쩌면 아직 벌어지지 않았다.

최근 소설을 쓸 때마다 어제, 라는 제목을 붙이고 나중에 제목을 다시 달기를 반복했다. 어제, 라는 제목을 달고 나면 이상하게 마음이 편하고 이상하게 또 촌스럽고, 이상하게 슬픈 그 몽롱한 기분을 나는 여전히 좋아하는구나.

단조롭고 건조하게

요즘 나는 집을 온통 건조하게 만들려고 노력한다.
처음에는 이제 곧 여름이 시작되니까 집 안 냄새 제거를
위해서 시작한 일이었다. 집 안의 모든 물건을 없애는 것을
목표로 시작한 이 일은, 가습기를 보일러실에 처박아 두고
창문을 항상 열어 두기만 하면 되는 간단한 일이었다. 하지만
점점 그 이유가 변하고 있는 것 같았다. 나는 그저 이 집을
말린 사과 껍질처럼 건조하게 만들고 싶었다. 냄새와는
상관없이.

단지 집을 건조하게 만들고 싶었을 뿐인데, 생활 패턴이
단조로워졌다. 이유는 식탁에 음식을 조금만 올려 두어도
건조해서 맛이 없어지거나 딱딱해졌기 때문이었다.

최대한 빨리 먹어 치우거나 아예 먹지 않기. 이 두 가지의 선택지에서 나는 먹지 않는 쪽을 선택했다. 아무것도 가져다 놓지 않으면 아무것도 상할 일이 없을 테니까(게다가 식탁 위에 상한 음식이 있을 때마다 사람들은 나에게 쓸데없는 위로를 하거나 정신을 차리라는 등 필요 없는 말만 해 대곤 하니까.) 집이 건조해지면서 모든 게 귀찮아지는 기분이었다. 내가 왜 이러한 집착을 하는지 제대로 알지 못했지만 그냥 그렇게 지내고 싶었다. 단조롭고 건조하게. 조금씩 상하고 썩어 가기보다는 그쪽이 나을 것 같았다.

며칠 전 대형 마트에서 카트를 끌고 가는데, 옛날 친구를 만났다. 오랜만에 그래도 장을 봐서 이것저것 차려 먹고 단숨에 해치우려고 했는데, 결론적으로 아무것도 차려 먹지 못했다. 친구 때문인가, 아닌가, 잘 모르겠다. 그때 친구는 나를 보지 못했고, 친구는 수산물 코너에서, 이미 죽었지만 여전히 눈을 뜨고 죽지 않은 척하는 생선을 보고 있었고, 나는 그의 뒤에 서 있었다. 옛날 친구에게서는 어진히 같은 냄새가 났다. 씁쓸하면서도 달콤한 냄새, 약간의 땀 냄새가 섞인 냄새, 착한 사람한테서만 나는 냄새. 친구가 생선을 보고 웃었고, 그 옆에 다른 사람이 서 있었다. 그 사람에게서는 말린 과일 냄새가 났는데, 그 사람의 냄새를 잠깐 맡은 것만으로도 나는 그 사람이 왠지 좋은 사람일 것 같다고 생각했다. 그때 내게서는 건조한 나무 껍데기나 계피 냄새가 나는 듯했다. 간절기 바람 같은 그런 냄새.

친구가 옛날처럼 웃으면서 눈을 동그랗게 뜬 생선을 보고 무어라 중얼거렸다. 살아 있는 것 같다, 그렇지. 그러자 옆에 있는 사람이 그 말에 미소로 호응했다. 그 뒤부터는 자세히 기억나지 않지만 나는 어느새 생선 코너와 가장 멀찌감치 떨어져 있는 유제품 코너에 서서 세상에서 가장 어색한 몸짓으로 마시지도 않는 우유의 유통 기한을 뚫어져라 보았다. 그러고는 유통 기한을 제대로 보지도 않고, 세일을 한다고 대문짝만 하게 써 놓은 우유를 세 통이나 구매해서 집으로 돌아와 버렸다. 꼭 우유를 사기 위해서 그곳에 들렀고, 우유를 발견하자마자 집으로 뛰어야 했던 사람처럼 나는 돌아왔다. 애초에 우유 따위는 잘 마시지도 않는데.

집에 들어와서 보니, 우유의 유통 기한은 딱 이틀 남아 있었다. 나는 어쩔 수 없이 그날 저녁으로 우유 한 통을 통째로 비웠다. 속이 차갑고 비리고 축축했다. 그에 비해 내가 노력한 그대로 집은 너무 건조했기에 코피가 날 것처럼 코가 아팠다. 멍하니 거실에 앉아 있을수록 옛날 친구의 얼굴이 떠오르고, 그 옆에 있던 사람의 미소가 떠올랐다. 그때마다 나는 마치 전생을 여행이라도 하고 온 사람처럼

멍해져 있었다. 인사라도 할 걸. 아무렇지 않게. 아니, 그런 건
전생이라도 못했을 거야.

우유 한 통을 다 비우고는 회개 기도를 해야 할 정도로
혼자 욕을 하고는, 밖으로 나가 괜히 보도블록의 작은 틈
사이에 있는 개미집을 발로 부쉈다. 그리고 나쁜 생각을
많이 했다. 누군가 불행하면 좋겠다는 생각과 행복해도
괜찮지만 내가 행복한 다음에 행복하면 좋겠다는 그런
생각. 그런데 아무리 생각해도 내가 행복한 다음에 누군가
행복하게 된다면, 그건 너무 오랜 시간이 걸릴 것 같아서
생각을 바꾸었다. 그냥 금방 기뻐하고 금방 슬퍼하고 그러면
좋겠다고. 죽은 생선의 동그란 눈을 보면서도 깔깔깔,
그렇게.

그날 꿈에 커다란 개미들이 집으로 쳐들어오는 꿈을 꿨다.
개미들은 단단히 화가 나 있어서 더듬이가 붉었고, 손에는
커다란 우유를 들고 있었으며 커다란 우유를 우리 집 곳곳에
뿌려 대기 시작했다. 나는 개미들에게 저항할 힘도 없이
축축이 젖어 드는 집을 바라보았다. 그러고는 집이 흠뻑 젖을
때쯤 밖으로 나왔다. 개미들이 득실득실한 우리 집이 어쩐지
유쾌하고 즐거워 보였다. 개미들아 그 집에서 잘 살아라.
그 집에 산 사람은 이미 전생까지 알고 있을 정도로 오래

살았으니.

　잠에서 깨자마자 H에게 전화를 걸어 날씨가, 시간이 더딘
기분이라고 말했다. H는 늘 그렇듯이 너무나 이성적이고도
단조롭고 건조한 목소리로 그건 올해 윤달이 끼어 있어서고
기분 탓이 아니라 실제로 그런 것이라고 명쾌히 말해
주었다. 지금은 6월이지만 6월 날씨가 아니라 5월 날씨라고.
우리 집보다 건조한 H, 우리 집보다 단조로운 H. 나는 H가
부러웠다. 좋겠다. 별 노력 없이도 그럴 수 있어서.
　H와 전화를 끊고 침대에서 일어나자마자 남은 우유
한 통을 아침으로 먹었다. 배가 쓰리고 아팠는데, 괜찮은
척했다. 보는 사람은 아무도 없었지만. 기껏해야 개미 몇
마리만 내 앞을 지나가고 있었지만.

곰팡이와 몸

2016년, 그해는 내 기억 속에 가장 더운 여름이었다. 대화동 투룸짜리 빌라로 이사를 간 첫해였고, 소설을 쓰기 시작한 지 딱 2년째 접어드는 여름이었고, 개와 함께 살기 시작한 지 3년째 되는 날이기도 했다. 그때 나는 스물네 살이었고 혼자였다. 언제, 어디서, 누군가에게 버려진지는 잘 기억나지 않지만 나는 그때도 혼자서, 캔맥주를 손에 든 채 이사한 동네 공원에 조용히 앉아 있었다. 지나가던 노인들과 산책하는 개들이 나를 한 번씩 안타까운 눈빛으로 바라보던 광경이 기억난다. 난 아무렇지 않았는데, 단지 맥주가 시원하고 이사 온 동네의 공원이 마음에 들었을 뿐인데. 물론 그때의 내가 누구나 한 번쯤 안타깝게 볼 만한 사람이었다는 사실을 안다. 나는 벤치에 앉아서 맥주를 홀짝이면서도 온몸을 긁느라 정신이 없었다. 말하자면, 나는 그해 여름을 보내면서 피부병을 심하게 앓았다.

벌게진 피부로 처음 의사를 찾아갔을 때 의사는 술도, 담배도, 밀가루 음식도 끊으라고 했지만 나는 그러지 않았다. 술을 진탕 마시지 않으면 잠이 잘 안 왔다. 술을 마시지 않으면 뜬눈으로 아침을 마주하는 것이 일상이었다. 일부러 몸을 힘들게 하려고 할 수 있는 일은 모조리 다 해 봤지만 여전히 밤이면 잠이 오지 않았다. 그해 내가 했던 일들은 다양했다. 재능과 전공이랑은 아무런 관련 없는 일들이었다. 치과에서 무자격으로 간호조무사 일을 하기도 했고, 건축 사무소 경리로 일을 하기도 했으며, 주말에는 구청에서 하루에 3만 원 정도를 받으면서 어르신들에게 소설을 가르치기도 했다. 기껏 해 봐야 일주일에 하루 정도 쉬었음에도 꾸벅꾸벅 조는 것 말고는 편하게 잠을 자지 못했다. 아직도 그때 왜 그렇게 잠이 오지 않았는지 알 수는 없었다. 그때의 상태를 짐작할 수 있는 느낌은 그저 온몸에 구멍이 난 기분으로 매일을 마주했다는 것이 전부였다. 그래서 목이 막힐 때까지 술을 마시다가 꼬르륵 익사하듯 잠들었다. 그렇게 진탕 마시다가 언제, 어디서 잠든지도 모르게 쿨쿨 자고 있는 내가 좋았다.

덕분에 피부병은 더디게 나았다. 아마 그것이 아니었어도 그랬을 것이다. 가을이 다 지나고 겨울이 왔을 때에야 아주 아주 조금씩 차도를 보인 정도였다. 그해 왜 그렇게 지독한 피부병이 걸렸는지는 모르지만, 나는 처음에 내 병의 이유가 이사 온 집이 습하고 더웠기 때문이라고 생각했다. 벌레도 많았고, 빨래도 잘 마르지 않았으니까. 의사는 내 피부병의 상태가 곰팡이균 때문에 그런 것이라고 말했다. 완치되었다고 생각했을 때, 다시 재발할 수 있으니까 특별히 주의하라는 말도 덧붙였다. 나는 그때까지는 균이라는 것이 얼마나 강한 번식력을 가졌는지 알 수 없었다. 그때는 그저 가려움 증세가 너무 심할 때마다 독한 스테로이드 연고를 눈곱만큼 짜서 발랐을 뿐이었다.(그런데 지금 와서 생각해 본 바이지만, 왜 스테로이드 연고를 바르기만 하면 그렇게 잠이 쏟아졌을까.) 어쨌거나 나는 그해 균들이 얼마나 강한 번식력을 가졌는지 알 수 없었지만, 몇 해 지난 어느 여름에야 균들이 얼마나 강한 번식력의 소유자들이었는지 비로소 알 수 있었다.

그 균들은 결코 사라지지 않은 습관처럼 나에게 남아 있었다. 나는 여전히 매해 여름, 찌는 듯 더웠던 2016년 여름으로 되돌아가곤 한다. 그해 이후로도 여름이면 아무런 이유 없이 여전히 몸을 긁고, 여전히 벤치에 혼자 앉아 있으니까. 나는 그럴 때마다 마치 균들이 내 몸에만 번식해 있지 않고, 내 기억을 온통 지배한 것처럼 느껴진다.

그때와 지금 사이에 차이가 있다면, 지금은 내가 왜 혼자인지에 대해 잘 안다는 것이다. 그리고 시간이 지나가면 무엇이든 낫고 회복된다는 점도 안다. 그런데 정말 나에게서 현재라는 시간이 흐르기는 하는 것일까, 그런 질문을 자주 하게 된다. 혼자 말하고 혼자 듣는 시간이 너무 많다, 나에게는.

그해 여름 나와 3년째 살던 개는 지금 사람 나이로 치면 마흔 살이 넘었다. 나이가 들어서 그런지 털의 색도 변하고 잠도 늘었다. 그러나 나는 여전히 그대로다. 그해 여름도, 올해도. 어디서든 비슷한 환경만 조성된다면 스멀스멀 자라기 시작하는 곰팡이들처럼. 나는 왜 늘 그대로일까. 몸은 그대로인 채로, 마음만 물렁해진 사람이 되어 가고 있네. 차라리 올해도 그해처럼 피부병에라도 걸려 온몸을 시원하게 벅벅 긁을 수 있다면 좋을 텐데. 아니다. 이제는 아픈 게 싫다. 좋지가 않다.

휴일이면 하루에 한 시간 혹은 두 시간씩 꾸준히 산책로를 걷는다. 커다란 차들이 연신 무언가를 싣고 오가는 차도가 곁에 있는 위태위태한 산책로지만, 나는 그곳이 좋다.

햇빛이 잘 드니까. 정수리부터 온몸으로 햇빛을 받고 있으면 소독되고 있는 기분이 든다. 게다가 이 숲길에는 나 외에도 숲속에 숨어 있던 벌레들이나 두꺼비들도 길 위로 나와 몸을 말리기도 한다. 그들의 모습을 보고 있으면 나와 먼 친척 같다는 생각이 들기도 한다. 너희들도 깨끗해지고 싶구나. 소독되고 싶구나. 아주 아주 깨끗한 무균의 상태로. 나는 햇빛이 쨍하게 내리쬐는 산책로를 걸을 때마다 생각한다. 무균의 상태는 어떤 것일까. 앞만 보고 걷는 것은 어떤 것일까. 시간이 잘 흐른다는 것은 어떤 것일까. 온몸이 건강하다는 것은……. 생각하면 할수록 기분이 아득해지는 질문들을 나는 생각한다.

감자

여름이 되면 마음속에 작은 벌을 한마리 가둬 둔 것 같은
기분이 든다. 그 벌은 여름 내내 쉴새 없이 웅웅거리면서
가슴팍으로 돌진한다. 나는 벌이 가끔 가슴팍에 와서
부딪히는 기분을 가만히 느껴 본다. 그런 기분은
지하철에서도, 땡볕의 길 위에서도, 상점에 들어가 도너츠를
살 때에도, 마트에서 파김치를 살 때에도 계속된다. 도대체
이런 기분은 무엇일까. 아무것도 하지 않고, 아무 일도
일어나지 않는데도 계속해서 드는 이 기분은 도대체.

휴일이면 이 작은 벌이 웅성거리는 소리를 어떻게 없앨
수 있을까 생각한다. 밖으로 나가 볼까. 친구를 만나 볼까.
나가서 2만 보를 걸어 볼까. 여러 가지 선택지가 있지만
나는 대체로 술을 마시러 나간다. 그리고 나가기 전에 항상

일기장이나 메모장에 무언가를 적어 두고 나간다. 오늘의
다짐, 이라고 하기에는 시시한 무언가.

　1. 넘어지지 말자.
　2. 너무 크게 웃지 말자.
　3. 만나는 상대방의 눈을 자주 바라볼 것.(땅 쳐다보지 않기)
등등.

　샤워를 마치고 밖으로 나왔는데, 엄마에게서 문자가 와
있었다. 갑자기 기온이 33도까지 오른 날이었다. 엄마는
여름이라서 감자를 쪘다고 했다. 감자를 찌고 찜통을
내려다보는데 내가 생각났다고 했다. 나는 낡은 세간들이
널려 있는 부엌에서 이마에 땀이 송글송글 맺힌 엄마가
찜통을 내려다보는 모습을 떠올렸다. 언제부턴가 엄마는
떠올려도 떠올려도 똑같은 모습이었다. 집이 바뀌어도,
이사를 가도, 어렸을 적 살던 그 집의 그 부엌에서 찜통기를
내려다보고 서 있는 모습. 거기서 감자를 왜 내려다보고
있어, 날도 더운데, 나는 그렇게 말하려다가 말았다. 나도
그것을 내려다보는 걸 좋아했던 적이 있었다. 그것도 아주
많이.
　어렸을 때, 일곱 살인가, 여섯 살 때쯤, 나는 푹 쪄진

감자가 들어 있는 찜통을 자주 내려다보았다. 자주 그 속을
내려다보기 위해서 엄마에게 감자를 여러 번 쪄 달라고도
부탁했다. 나는 찜통 속 그 포슬포슬하고 반으로 쪼개진,
구운 듯 짭쪼름하게 익혀진 감자의 단면을 만져 보기도 했다.
뜨겁고 부드러운 감자. 나는 감자를 먹는 것보다 눈으로 보는
것을 더 좋아했다. 물론 먹었을 때도 달고 맛있었고 입안에서
살포시 부서지는 기분도 좋았지. 그러나 감자를 보는 게 왜
더 좋았는지는 잘 알 수가 없다. 그냥 그런 것들이 좋았고,
그런 것들을 보고만 있어도 마음이 평온해졌다.

　"너 감자 좋아하니까. 생각나서."

　엄마는 그렇게 말하고 더 이상 말하지 않았다. 33도에
감자가 쪄지는 찜통을 바라보는 엄마는 요즘 내가 아무
대답도 하지 않으면, 먼저 "그래." 하고 전화를 끊었다.
낡고 오래된 찜통 속 감자와 나. 지금은 너무 멀어져 버린
것들이네. 나는 이제 찜통 속 감자를 내려다보지도 않고 집에
찜통을 가지고 있지도 않다. 그저 불안한 마음을 없애기 위해
백방으로 노력하고.

　머리를 대충 말리고 J에게 전화를 걸었다. 동네에서 밖에
앉아 맥주를 마신 것이 꽤 오래된 일처럼 느껴져서, J에게
밖에서 술을 마시자고 제안했다. J는 흔쾌히 알겠다고 했다.

J도 어느 가게의 테라스에서 술을 마신 지도 오래라고 했다.
가까운 듯, 이제는 정말로 멀어져 버린 날들이었다. 매일
안전 문자를 확인하고, 마스크를 쓰는 일상이 익숙해진 만큼.
여름이면 J와 매일 가던 단골 술집이 꽤나 여럿 있었는데.
나는 J보다 먼저 가게에 도착했다. 우리가 자주 가던 작은
가게였는데, 그곳을 선택한 이유는 테라스도 있었지만,
그곳의 안주 때문이었다.

　나는 그곳에서 J와 자주 가던 자리에 앉아서 염통 꼬치와
알감자를 시켰다. J는 알감자라면 환장을 하니까. J와 친구가
된 것도 어쩐지 감자 때문인 것 같은 생각이 들었다. J는
감자를 좋아하는 사람들이 다 그렇듯이 순하고 바보 같은
미소를 지을 수 있었다. 내가 밖으로 나가기 전에 하는
시시한 다짐처럼, 크게 웃지 말자는 다짐 같은 건 J는 한
번도 한 적이 없겠지. 나는 그래서 J가 크게 웃을 때마다 J가
더 좋았다. 어떻게 저렇게 아무런 경계심 없이 크게 웃을
수 있지. J는 어떤 날은 입안에 있는 것들이 다 보일 정도로
웃음을 참지 못하고 웃을 때도 많았다. J라면 니한데 사기 안
치겠지. J라면 내가 새벽에 아파서 전화를 해도 나를 데리러
와 주겠지. J라면 눈이 오는 날, 말도 안 되게 산딸기가 먹고
싶다고 해도 사 줄 사람이야. J라면, 하면서 나는 J가 웃을
때마다 말도 안 되는 가설을 세웠다. J가 나의 이런 바보 같은

가설의 생김새를 알면 도망치려나? 아니야, J는 그러지 않을
사람이야, 까지 생각이 닿기도 했었고.

나는 앞에 앉은 J에게 알감자를 하나 더 주고 꼬치도
하나 더 줬다. 가슴 속에 벌이 웅웅, 웅웅, 웅, 하다가 가끔
멈추었다.

맥주를 마시면서 소주를 마시다 보니, 테이블에 맥주와
소주병이 점점 늘었다. 정신이 천천히 몽롱해지고 배 속이
뜨거워질수록 나 옛날에 감자 좋아했다, 같은 말들을 하고
싶었지만 하지 않았다. 그 말은 비밀도 아니고, 불필요한
사실에 더 가까운 말이었으므로. J는 요즘 혈안이 되어
있는 게임과 시골에서 분양받은 강아지에 대해서 이야기해
주었다. 강아지의 사진도 보았는데, 정말이지 가슴이 터질
정도로 귀여웠다. J의 가슴 속에는 벌 말고 작은 강아지가
사는 것 같았다. 나는 J에게 부럽다고 말했다. J는 취해서
이미 테라스 플라스틱 의자에 널브러진 상태였다. J는 내가
부럽다고 한 말을 듣지 못했다. J는 반쯤 헤벌쭉 웃으면서
접시 위에서 벌써 차가워진 알감자를 내려다보다가
아삭아삭 씹었다.

장호원
— 만두 마을 이야기

어렸을 적, 겨울이면 '만두 마을'에 자주 들렀다. 손으로
쓴 메뉴판이 엉성한 가게였지만 나는 그 가게를 동네에서
제일 좋아했다. 토핑을 잔뜩 올려 주는 이성민 피자보다,
초코 시럽을 넘치도록 둘러 주는 파르페 가게보다 나는 그
가게가 좋았다. 만두 마을은 찐빵하고 만두하고 김밥을 주로
팔았다. 그 당시 나는 용돈이 부족한 초등학생이었고 내가
좋아하는 새우 만두를 먹기 위해서는 아빠를 대동해야만
했다. 만두 마을은 시계탑 사거리에 위치한 가게였다. 지금은
고가의 골프웨어를 파는 옷 가게가 들어온 곳이기도 했다.
만두 마을의 찜기에서 피어오르는 슴슴한 연기는 길 가던
사람들의 발목을 붙잡았다. 겨울이면 찜기에서 피어오르는
수증기 사이로 사람들이 복작거리는 모습과 여러 개의

만두가 든 비닐봉지가 사부작거리는 소리가 끊이지 않았다.
그 풍경과 소리는 나를 기쁘게 했다. 내가 그 당시 만두
마을을 좋아한 이유는 만두를 좋아했기 때문이기도 하지만
만두 마을의 주인들 때문이기도 했다. 나는 만두 마을의
주인들이 좋았다. 만두 마을에서 만두를 사 먹은 밤은 꼭
만두 마을 가게의 주인들에 대해서 이야기하곤 했다. 엄마,
할머니, 아빠, 그 가게 주인이 누구인 줄 알아? 나는 답을 다
알고 있었지만, 절대 이야기해 주지 않았다. 말을 할까 말까
고민되는, 입술이 간지러운 그 순간이 좋았다.

가게의 주인은 경희 엄마와 경희였다. 나와 같은 학교에
다니고 같은 성당에 다니는 경희. 긴 이야기는 별로 해 보지
않았지만, 경희는 학교가 끝나고 난 다음에 같이 만두 마을에
가서 나에게 만두를 공짜로 주었던 친구였다. 나는 경희를
떠올렸다. 지금도 가끔씩 그 애가 어떤 모습으로 웃고 있을지
궁금하다. 그때는 교정기를 끼고 있었으니까, 이제는 고른
치열과 흰한 잇몸을 드러내면서 수줍게 웃을까. 아니면
그렇게 환하게 웃을 일이 별로 없어서 입술 사이로 피식,
피식 바람 빠진 소리를 내면서 웃는 사람이 되었을까.

경희 엄마는 경희와 똑 닮아 있었다. 수줍게 웃는 모습이
너무 닮아서, 경희가 나이가 들어서 아줌마가 되면 꼭 그렇게
늙겠구나, 하는 생각이 들기도 했다. 그리고 그런 생각이

들면 나는 괜히 앞에 앉아 있는 경희를 오래 쳐다보았다.
너는 나중에 꼭 너네 엄마처럼 늙을 것 같아. 너도 나중에
만두 가게를 할까? 아니면 이 자리에서 다른 것들을 파는
누군가가 될까? 너는 어떤 것들을 팔고 싶니. 내가 돈이
있다면 전부 사 줄게. 그래도 너무 비싼 골프웨어 같은 건 안
팔 거지?

경희는 말이 없고 조용하고 혼자 오리처럼 걷는 것을
좋아하는 애였다. 그리고 나도 마찬가지였다. 나는 말이
없지만 시끄러웠고 혼자 오리처럼 뒤뚱뒤뚱 걷는 것을
좋아했다. 학교가 다 끝나고 난 뒤면, 우리는 학원으로
향하는 아이들을 뒤로 한 채 만두 마을까지 오리를 흉내
내면서 걸었다. 그렇게 커다란 오리가 되어서, 무엇이든 파는
어른 오리가 되면 좋았을 텐데. 작았던 오리들은 큰 시련을
겪고 인간이 되어 버리곤 했다.
　내 기억으로 경희는 아마 그 애가 머리를 잘 자르지
않았을 때부터 학교에 나오지 않았다. 학교에 나오지
않으니까, 성당에도 나오지 않았다. 이유는 알 수 없었다.
우리는 전화도 메일도 주고 받지 않았다. 내게 경희가
어디에 있는지 확인할 방법은 오로지 만두 마을에 들르는
것밖에는 없었다. 만두 마을은 경희가 학교에 잘 나오지 않은

이후에도 계속 가게 문을 열었지만 손님은 뜸해졌다. 만두가
너무 버석하고 맛이 없어졌기 때문에. 나는 억지로 아빠의
손을 잡고 만두 마을로 갔다. 그때마다 아빠는 만두 마을이
변했다고 했다. 맛이 너무 없어졌어. 이번이 마지막이야.
아빠는 그렇게 말하면서도 나와 같이 몇 번 더 만두 마을에
갔고, 만두 마을에 가면 만두를 두 팩씩은 꼭 샀다. 그때마다
가게 뒤편에 앉아서 천천히 나오던 경희 엄마가 생각난다.
내가 찾는 경희는 어디에도 없었지만.

　내가 경희를 다시 본 것은 그로부터 시간이 한참 지나
경희라는 아이를 거의 잊고 있었던, 어느 겨울이었다. 나는
그 당시 수능을 앞두고 있었고 성당에서 저녁 미사를 드리고
있었다. 기대감과 절망감이 반씩 차올라 있었을 때였다.
미사가 막바지에 다다랐을 쯤, 뒤에서 킥킥거리는 소리가
들렸다. 그 소리는 점점 커지더니 복도 쪽에서 우렁차게
들렸다. 나는 기도하던 손을 풀고 눈을 떴다. 장발의 여자가
웃으면서 복도를 걷고 있었다. 못 알아볼 뻔 했지만 그
여자는 경희였다. 살이 많이 쪄 있었고, 이제는 수줍게 웃지
않았지만 여전히 장발인 여자. 경희의 뒤로 경희 엄마가
경희를 붙잡기 위해서 어깨를 움츠린 채 종종 걸음으로
뛰었다. 경희 엄마가 종종 걸음으로 걸을 때마다 가슴이
불에 타는 것처럼 아파 왔다. 나는 미사가 끝나고 사람들이

다 나갈 때까지 의자에 앉아 있었다. 경희를 제대로 볼 수 있는 시간이 있었지만, 나는 무서워서 다가가지 않았다. 몇몇 아이들은 경희를 알아보고 가까이 다가가려다가 소리를 빽 지르고 도망쳤다. 나는 그 애들을 몽땅 불러다가 흠씬 두들겨 패고 싶었다. 나중에 꼭 그들 중 누군가는 같은 일을 당해야 한다고. 그날 주머니에 있던 펜으로, 홈이 잘 파지는 성당 나무 의자에 무언가를 새겨 놓았다. 다 뒈져라. 이 나쁜 새끼들아.

올해 처음 집에 내려와서 혼자 꽈배기를 사 먹으며 걸었다. 만두 마을이 있던 곳에는 고가의 골프웨어 옷가게가 들어왔고, 가게 안에 손님은 역시나 없었다. 텅 빈 가게의 카운터에서 점원이 심각한 표정을 지으면서 낮잠을 자고 있었다. 무슨 꿈을 꾸세요? 혹시 엄청나게 뜨거운 만두를 먹는 꿈? 아니면, 만두 가게 점원이 되어서 팔지 못한 만두에 대해 생각하는 꿈? 나는 가게 앞에 잠시 멈춰 있었다.

기도가 잘 안 듣는 날에는, 무언가 위로가 필요한 날에는 만두를 먹게 된다. 먹어도 먹어도 맛있는 만두. 맨날 맛있는 만두. 아직까지도 무언가를 제대로 팔지 못하는 반인반오리인 나는 가끔 만두를 사료처럼 먹는다. 그리고 경희에 대해 생각하고, 이 이야기를 어디에도 절대 쓰지 못한다고도 생각한다. 무엇이든 쓸 수 있다고 장담하듯 생각하지만, 실제로 나는 거의 아무것도 못 쓰는 편에 속해 있다. 나는 주로 생각하고, 조금 슬퍼한다. 쓴다고 생각하는 마음 앞에서 나는 주로 무용하고 그저 조금 슬픈 사람일 뿐이다. 나에게 지금 무엇을 쓰는지 누군가가 물어 보면 나는 한참 뜸들이다 결국에는 '아무것도 쓰지 않아요.' 라고 간신히 대답하겠지.

장호원 2

아빠 자전거를 훔쳐서 개천 쪽으로 갔다. 바구니가 없는
자전거는 별론데, 아빠 자전거에는 바구니가 없었다. 빈손인
채로, 페달을 굴렀다. 사거리 근방에는 오일장이 서고
있었는데, 내가 알던 풍경은 이미 많이 사라지고 없었다.
외국인 노동자 몇몇이 족발과 싸구려 부속 고기를 한 아름
들고 가는 모습만 종종 눈에 띄었다. 항상 시장 끝 쪽에 모여
있던 개들도 보이지 않았다. 나는 나만 아는 길로 경로를
바꿨다. 그쪽으로 가니, 차 몇 대를 마주친 것 빼고는 사람이
한 명도 없었다. 한낮 길거리의 한복판에 있지만 아무도
만나지 않는다는 것이 좋았다. 뜨거운 열기를 얼굴로 맞으며
계속 페달을 굴렀다. 그러다 개천으로 가기 전 육교 앞에서
멈춰 섰다. 어렸을 때는 이 길을 노루처럼 뛰어다녔다.

개천에 갔다가 젖은 몸으로 돌아오던 때에도 나는 이 길을 건너곤 했다. 한여름, 방수 페인트가 발린 육교는 30분 만에 젖은 몸을 금방 바싹 말려 주었다. 그 육교 앞에서, 언젠가 손가락과 발가락이 부러져서 깁스를 했던 때가 생각이 났다. 그리고 그때 했던 어떤 결심들도 생각이 났다.

개천 앞 육교는 나에게 항상 이상한 결심을 하게 만드는 공간이었다. 집이든, 집이 아니든 견딜 수 없는 공간에서 빠져나온 내가 선택한 곳은 결국 이곳이었다. 내가 좋아하는 개천과 가깝기도 하고 한순간 발을 더 디디면 혹 어딘가로 휩쓸려 버릴 수도 있으니까. 한순간 어딘가로 혹 휩쓸려 버리고 싶을 때마다 나는 육교에서 한 발자국씩 나아갔다. 그때 내가 한 결심에 대해서 아무도 알지 못하겠지만, 지금의 나는 아직도 그때의 결심에 대해 종종 생각한다. 페달 구르듯 자꾸만 앞으로 나아가게 했던 때에 대해서도 생각한다.

어릴 적 여기 서서 멍하니 몸을 말리던 마음이 지금과 크게 다르지는 않았다. 지금도 한 발자국만 떼면 종이처럼 우겨질 수 있을 것 같은 순간들이 내게는 있었다. 나는 육교 앞, 길을 건너기 전 트럭 뒤에 매달려 가는 내 모습을 잠깐 상상했다. 여기서는 어딜 가든 내 모습이 그렇게 그려졌다. 여기에는 내 나쁜 다짐이 다 숨어 있었다.

의도한 것은 아니지만, 처음 소설을 쓸 때 자꾸만 이곳의

풍경이 종종 떠올랐다. 뚝방과 개천, 빈집들과 간간이 마당에
매어져 있는 염소나 개들까지. 나는 계속 머릿속을 맴도는
그 풍경을 배경으로 한 소설을 두 편 썼다. 그러나 나는
나도 모르게 그 풍경을 이용해서 계속 소설을 쓰고 있다고
생각한다. 그곳의 풍경은 똑바로 서 있고 싶은 나를 자꾸만
기울여 놓는 힘이 있었다. 나는 기우는 쪽으로 몸을 기울일
수밖에 없었다. 그리고 나 또한 그 풍경에 온전히 끼어 있는
불안전한 사람이었음을 나중에야 알았다. 처음 소설을 쓸 때
이곳에 대한 것이 아니면 무언가 쓸 말도 적을 말도 없었다.
정말 단순하게도 나는 자꾸 생각나는 걸 쓰게 된다. 그리고
나에게 있어 가장 투명하게 나빴던 순간을 쓰게 된다.

이력서

이력서 쓰는 일을 항상 어렵다. 해 온 일이라고는 대학을
졸업하고 잡일들을 하면서 글을 써온 게 전부이기 때문이다.
이것들을 어떻게 한 페이지로 늘려야 하는지 잘 모르겠다.
한 페이지면 그나마 다행이지만, 분량이 정확히 기재되어
있지 않은 경우 나는 엄청나게 난감한 기분과 맞닥뜨린다.
나는 한 게 없으니까, 실질적으로 기입할 수 있는 것이 별로
없다. 글을 쓴 지 10년쯤 되어 가는데 이력서에 추가할 수
있는 사항은 졸업 이후에 몇 가지 일을 한 것에 머물러 있다.
나는 그간 제대로 쓴 적은 없지만 거의 소설을 썼고, 일은
그 뒷전이었다. 쓰려면 돈이 조금 필요했고, 그래서 그만한
일들만 해 왔기에 나의 이력으로만 보자면 나는 쓸모없는
인간처럼 보인다.

물론, 소설을 쓴다고 뭐가 달라진다고 생각한 적은 없다. 10년이든 20년이든 사실 큰 의미도 없고. 그러나 나이가 들면서 무언가 달라져야 한다는 생각은 매일 한다. 쓰는 것만 생각하지 않고, 다른 것들을 해야 한다고. 이력서 화면에 자꾸만 커서가 깜빡깜빡거릴 때마다, 내가 어떻게 살고 있는지 보여 주는 것 같은 기분이 든다.

아무것도 없음.

첫 책이 나온 이후에 소설을 거의 쓰지 않았다. 아니, 메모도 잘 하지 않았다. 그간 책을 낸 이후에 무엇을 했나요? 혹은 하고 있나요? 라는 질문을 받으면 나는 거짓말을 했다. 네, 다음 소설을 준비 중입니다. 네, 다음 소설을 쓰고 있고요, 내용은 어쩌고저쩌고 입니다. 그 말들은 거의 거짓말에 가깝다. 그렇다고 아무것도 하고 있지 않고요, 하고 싶지도 않아요, 하고 말할 순 없었다. 나는 공적인 상황에서 누군가들이 나 때문에 당황하는 꼴을 보고 싶지 않다.(사적으로는 너무 많은 행동들은 해 왔지만.)

이력서 앞에 있으면 나는 내가 어떤 인간으로 보여질지 잘 알 수가 없다. 어딘가에서 열심히 일했는데, 그것에 대해 제대로 쓸 만한 말이 없다. 매일 이런 순간이 올 때마다 나는 소설을 왜 썼지, 라고 질문한다. 그리고 그것에 대해 정확히 대답할 수기 없다. 소설을 쓰는 일을 좋아하는 사람들이 부럽다. 온전히 좋아하고, 사랑하는 사람들이 부럽다. 그런 사람들에게 소설은 어떤 의미일지 궁금하다. 계속할 수 있는 일일까. 아무리 해도 잘 소진되지 않는……. 아무튼 뒤돌아보면 10년이라는 시간이 금방 지나갔다는 생각이 든다. 앞으로의 10년, 20년도 이런 식으로 지나갈까 생각하면 쓸쓸하고 외롭다. 그때는 지금보다 나이도 많고 체력도 약해지고 필요로 하는 돈도 많아질 텐데. 내가 만약에 노인이 된다면, 나는 나의 상황에서 오는 수치심을 제일 견딜 수 없을 것 같다.

지난 시간 동안, 나는 나를 괴롭혀 줄 요령으로 많은 것들을 했지만, 결국 그것들이 나를 어떤 고통에서 벗어나게 해 주지는 못했다. 그러니까 이상한 생각은 접고 건강하게, 차분하게 살아야 하는데. 그런 것은 어떻게 해야 하는지 모르겠다. 다른 어떤 사람들은 어떻게 저녁을 보내는지, 어떻게 자신의 생각들을 바꾸어 왔는지, 어떻게 견딜 수 없는 상황들을 꾹 눌러 담는지.

그들은 자신들에게 솔직할까. 아니면 솔직할 필요를 느끼지 못할까. 나는 가끔씩 참을 수 없이 솔직해지곤 하는 나를 견디기가 힘들다.

겨울이면 스키를 타고 여름이면 수영을 하고 봄이면 산책을 하고 그런 식으로 잘 살아가는 사람들이 부럽다.

밤에는 이력서를 켜 놓고 낮에는 아직 아이들 앞에 선다. 머리를 비운 채, 아이들 앞에서 소설이나 문학에 대해서 말하지만 사실 나도 내가 무슨 말을 하는지 잘 모른다. 어떤 때는 1분 이상 아이들에게 무언가를 말하다가 침묵하기도 한다. 내가 지금 무슨 말을 하는 거지. 나는 오랫동안 생각한다. 내가 무슨 말을 하고 있었지? 라고 애들한테 반문했을 때, 아이들이 인상을 찡그려 주면 좋겠다. 나도 소설이나 문학이 도대체 무엇인지 모른다, 아는 척하기 위해 나는 노력한다, 알려 주는 사람의 모습으로 보이기 위해 연습한다, 고 나는 말하고 싶다.

올해가 시작되고 나서 나는 소설을 딱 한 편 썼다. 외주 방송 작가로 일했던 때, 신장이 안 좋아져서 살이 10킬로그램 이상 늘었을 때, 물만 마셔도 살이 쪘을 때를 바탕으로 쓴 소설이었다. 그 얘기는 재미도 없고 나만 아는 기분에 휩싸이는 소설이다. 그래서 앞으로 아무에게도 보여 주지 않고 나만 볼 작정이다. 나만 알고 있는 이력처럼. 앞으로 나에게는 이런 소설이 더 필요할 것 같다는 생각이 든다.

보복. 나는 그 말을 들었던 몇 해 전을 떠올렸다. 군대에서 휴가 나온 친구가 하는 이야기에서였다. 요즘 군대에서는 감시하는 눈이 많아서 함부로 손을 댈 수 없다고 했다. 그렇기에 때릴 수는 없으니, 대신 음식을 산처럼 쌓아서 다 먹을 때까지 붙잡아 두는 것이라고 했다. 그가 말해 준 건 정확히 음식 고문이었다. 하지만 그는 보복이라는 말을 했다. "밉보였으니까, 보복당하는 거지. 견뎌야 돼. 꼰질러도 어차피 소용없더라. 견디는 게 나아. 견디다 보면 재미없어서 그만두니까." 그가 말했다. 보복은 가볍게는 햄버거 다섯 개, 과자 열 봉지로 시작한다고 했다. "그게 무슨 보복이냐, 좋네. 먹을 것도 주고." 나는 말했었다. 그때까지만 해도 나는 그런 행위들이 딱히 보복이나 고문으로 느껴지지 않았다. 그해 자주 등장했던 군대 내 식고문이라는 제목의 기사를 봤을 때도 아무런 느낌이 없었다. 하지만 나는 그게 얼마나 나를 괴롭게 할 것인지, 시간이 지나고 난 다음 알게 되었다. 내 처지도 그때의 누군가와 다를 바 없다는 것을 알게 되었다.

보복의 시작은 분식이었다. 떡볶이 삼인분과 김밥 다섯 줄. 메인 작가와 여러 연차가 쌓인 작가들은 매일이 체내 지방과의 싸움이었다. 그리고 이제는 나의 싸움이었다. 손가락을 넣고 억지로 구토를 하면 그전에 삼켰던 음식들과 칼로리 커팅제의 알약이 녹지 않은 채, 그대로 딸려 나왔다. 계속 떨어지는 시청률과 재미없는 코너 아이템들, 경쟁사 외주와의 엎치락뒤치락하는 순위 쟁탈전, 이 모든 상황을 한 번에 풀 수 있는 열쇠는 없었다. 이 작은 사무실 안에서 작지만 확실하게 스트레스를 풀 수 있으며 동시에 대리만족 할 수 있는 것들이 필요했다. 메인 작가가 일부러 시킨 그 많은 양을 처음부터 먹지 않았다면 어떻게 되었을까, 나는 생각하기도 한다. 하지만 결국엔 이렇게 되어버린 일이었다. 처음에는 내 몫이 아닐 것이라고 생각했지만 결국엔 내 몫이 되어버린 일들. 견뎌야 돼, 견디는 게 나아. 나는 매번 그럴 때마다 다음을 생각할 수밖에 없었다. 내가 남은 김밥들의 은박지를 까기 시작했을 때, 메인 작가는 머리를 넘기며 웃었다. 회사 내 단톡방에 김밥을 먹기 시작하는 내 사진이 커다랗게 올라왔다. "대박, 우리 막내, 알고 보니 대식가." 나는 그때도 많은 양의 음식 앞에 어설프게 웃고 있는 나의 얼굴보다 휑한 정수리가 더 눈에 들어왔다.[3]

3 김남숙, 「호호호」, 《문장웹진》 2021년 12월호 말표.

너무 시끄러운 고독

이사 간 지 오래된 동네 공원 벤치에 앉으면 그 해, 그 동네에 살면서 읽었던 책들이 떠오른다. 기억이 압축한 폐지처럼 그 벤치 위에 그대로 남아 있는 것을 확인할 때면, 어딘가 뭉클하면서도 괜히 발로 차 버리고 싶은 기분이 들 때가 있다.

2017년에는 책을 많이 읽었다. 특히 마음을 잠재울 수 없는 여름에 주로 읽었다. 밤이고 낮이고 책을 펼치다 보면, 밤이 낮이 되기도 하고 낮이 밤이 되기도 했다. 책을 읽으면서 마음이 일으키는 소용돌이를 구경하는 것이 좋았다. 누군가와 대화를 하기보다 그런 식으로 마음을 정리하는 게 좋았던 것 같다. 말을 하면 할수록 온몸이 텅 비는 것 같은 경험을 누군가는 해 봤을 것이다. 그때 내 몸은 공기로 가득 차 있었다. 점점 부풀기만 하고 무게감은 없는.

2017년은 내가 치과에 일했을 때였다. 어쩌다가 그쪽으로 흘러 들어갔는지는 모르겠지만, 거기에서 나는 소리 없이 일을 하고 일이 끝나면 퇴근하는 생활을 반복했다. 시끄러운 공원을 지나면 나오는 조용한 치과. 비둘기들이 구구구 걸어가고, 누군가 혼자 벤치에 덩그러니 앉아 있고. 나는 매번 신발을 끌면서 빠른 걸음으로 걸었고. 걸으면서는 항상 그런 생각을 했다. 이 짓을 언제까지 더 해야 하나. 여기를 얼마나 더 지나야 하나. 몇 번만 더 지나면 끝난다고 누군가 말해 주었다면, 그 정도만큼 견딜 수 있으려나. 얼마나 더 지나야 끝이 난다는 것을 알 수 없어서 나는 그때 모든 게 무서웠다. 이곳을 떠나도 다른 식의 비슷한 공포가 기다릴 것 같다는 예감. 그것이 곧 현실이 되리라는 것을 조금은 알았다. 그래서 그때는 소설을 쓴다는 것이 내가 벌여 놓은 일 중에 가장 기쁜 단 한 가지 일이었다.

그때는 소설을 쓴다는 것이 정말 좋았다. 너무 좋아서 또 버거웠다. 뭐가 됐든 일하러 나가야 했기에 머릿속에서는 소설을 쓰고 싶다는 생각만이 가득했다. 앉아서도 쓰고, 서서도 쓰고, 버스에서도 쓰고, 지하철에서 허공을 쳐다보면서 쓰고, 그렇게 망상증에 걸린 사람처럼 쓰고

싶다는 생각만 했다. 왜 그랬을까. 왜 그렇게나 열렬히
머릿속에서도 손에서도 놓지 못했는지, 지금 뚜렷하게
기억나지는 않는다. 그러나 그때는 나에게 소설이 날이 잘
들지 않는 무기 같았다. 아무도 찌를 수 없고, 아무에게도
상처를 낼 수 없지만 나에게만은 무기인 것. 어린아이가
길에서 주운 나뭇가지보다 더 별 볼 일 없어 보이지만,
나에게만큼은 정확한 무기.

　치과로 출근하면서 가방 속에 책을 한 권씩 넣어 다녔다.
치과에서는 펼치지도 못하는 책을 그냥 가방에 넣고
다니면서, 느껴지는 그 무게감이 좋았다. 걸어 다니면서도
소설에 대해 생각하고, 소설 속의 누군가들에 대해 생각하고.
그게 꼭 나 같고, 내가 아닌 것도 같고, 외줄타기하는 그
순간들은 투명하게 지나갔다. 물론 지금은 아니다. 소설이
여전히 좋지만 싫고, 심장이 두근거리지만 묘하게 기분 나쁜.
그 사이에 소설이 있다.

　무언가를 열렬히 좋아했던 시절이 나에게는 다시 오지
않을 것 같은 기분이 든다. 그러나 한편으로 은은하게,
끈질기게 그 옆에 있을 수는 있다는 생각도 든다. 그럴 수
있다면 그럴 수 있겠지. 2017년, 그해 자주 꺼내 보았던
소설은 보호밀 흐라발의 『너무 시끄러운 고독』이었다. 35년
동안 폐지를 압축해 온 남자의 이야기. 35년 동안 해 온 일을

더 이상 하지 못하게 된 남자가 내린 최후가 소설의 마지막에 적혀 있다. 하지만 이것은 아름다운 사랑 이야기다. 종국에 사랑이라는 이름이 남는. 그때는 그 소설을 어디든 들고 다니면서 읽었다. 너무 여러 번 읽어서 지겨울 때쯤에야 그 책을 손에서 내려놓았다. 그 소설을 읽고 결국은 사랑이 남는다는 말을 소설에서 하고 싶다고, 그런 사람이 되고 싶다고 생각했던 때가 기억에 남아 있다. 그렇게 말하고 쓸 수 있다는 것이 용기라고 생각했다. 그러나 내 경험은 유한하고, 내가 소설에서 말할 수 있는 사랑은 조금 다르다는 것을 나는 시간이 조금 지나서야 알았다.

아직도 아끼는 책을 꽂아 둔 책장 칸에 그 책이 놓여 있다. 예전의 어떤 다짐이 저 책 속에 있는 것 같다는 생각을 자주 한다. 책은 지난 시절의 나에 대한 물증이 되는 듯하다. 책 속에 담긴 이야기와는 무관하게. 그래서인지 지금 다시 그 책을 꺼내 읽으면, 소설의 내용과 말하는 바와는 무관하게, 나는 자꾸만 35년이라는 시간에 자주 멈추게 된다. 35년 동안 무언가를 한다는 것은 어떤 일일까. 나는 그럴 수 있을까. 35년이라고 힘주어 말하면서, 나는 35년 동안 소설을 썼고 써 왔다고 말할 수 있는 순간이 올까. 잘 모르겠다. 엄청난 시간이 흐른 것도 아닌데 나는 불투명하고 딱딱한 마음으로 그 책장 앞에서 어슬렁거리기만 하고.

3부

주디

주디는 굳이 분류하자면, 이제 노견으로 불리는 나이에
접어들었다. 내가 분리하고 싶은 것은 아니었고, 의사가
그랬다. 이제는 노견으로 분리되는 나이니까, 각별히 많은
것들을 신경 써 주라고, 전에는 당연했던 것들이 이제는
조금씩 변할 것이라고, 의사가 말했다. 나는 의사의 말에
고개를 끄덕였다. 가슴에 굵은 호스 같은 게 파고드는
기분이었지만, 그럭저럭 견뎌 냈다. 아프지만 내색하지 않고
참아 내기. 요즘 나의 생활에서는 그래야 하는 목록들이
꽤 있었다. 아직 벌어지지 않았지만, 언젠가 감내해야 할
목록들을 점점 알게 되었다.

며칠 전, 엄마가 골다공증 진단을 받게 되었던 일도

그랬다. 약이 너무 독해서 밥 먹는 양이 줄었다고 했다.
그리고 그전에는 아무도 없는 빈 교실에 앉아 있는데, 공황
발작이 와서 그것을 억지로 세 시간 정도 참아 내느라 토할
것 같았다. 그때는 정말이지, 교실을 뛰쳐나가고 싶었는데
그러지 못했다. 누군가 내 상태를 알아차린 사람이 없다는
것에 놀라면서도 불안했다. 이대로도 정말 괜찮은가. 얼마
전에는 언니가 군산으로 내려간다고 했다. 아예 그곳에
눌러앉을 작정인지, 아닌지 그것은 잘 알지 못했다. 그리고
최근 누군가를 이유 없이 떼밀고 싶은 감정이 잘 참아지지
않았다. 그럴 수 없지만 그럴 수 있을 것 같고 그럴 수 있지만
그럴 수 없을 것 같기도 한 감정이 오갔다. 그리고 또……, 또
뭐가 있더라.

　예전에는 그것들을 목록처럼 만들어서 메모장에 적어
두거나 머릿속으로 기억하려고 했다. 지금은 아니고. 지금은
오히려 잊으려고 애쓰는 편에 속하지. 왜냐하면 그것들은
기분만 더 고통스럽게 할 뿐이니까.

　차로 이동하는 내내, 주디를 꼭 안았다. 아직은 아프지도,
문제가 생기지도 않았는데 땀이 날 정도로 주디를 꼭 안고
있으니까, 주디가 더운지 발버둥을 쳤다. 한참을 발버둥 치던
주디가 잠들고 나는 아주 조금 변화된 무언가를 느꼈다.
주디의 숨소리가 전보다 크게 들렸다. 의사가 개도 사람처럼

기관지가 약해지면, 숨소리나 코 고는 소리가 거칠어진다고 말해 주었던 것이 생각났다. 나는 잠든 주디의 배 위에 손을 올려놓았다. 규칙적으로 배가 부풀었다 잦아들다 했다. 주디의 숨이 손바닥에서 만져지는 느낌이 들었다. 숨을 내쉴 때마다 손끝에서 느껴지는 가느다란 갈비뼈, 과일 껍질처럼 얇은 피부. 나는 또 한번 그런 충동을 느꼈다. 배가 움직일 때마다 조심스럽게 손바닥으로 주디의 숨을 잡아 보고 싶다는 충동.

나는 이전에도 이러한 충동을 느꼈던 적이 있었다. 나는 일부러 손바닥을 쭉 폈다. 언젠가 누군가가 잠든 틈에 그 사람의 배 위에 손을 얹어 놓았다. 그리곤 큰 숨이 그의 몸속으로 들어찰 때마다 그것을 손바닥으로 잡아 보고 싶었다. 물론 정말로 누군가의 숨이 내 손바닥 안에 잡히는 일은 벌어지지 않았다. 그는 지금 없고, 그 또한 내가 감내해야 할 목록들에 포함되어 있는 사람이었다. 왜 그랬을까. 왜 그런 생각을, 그런 충동에 사로잡혔을까.

지금 생각해 보면, 모든 것은 나의 잘못이었다. 잡으려고 마음먹었기 때문에 슬퍼진 것이니까. 잡을 수 없다고 생각하면 슬퍼지지 않았을 것인데.

슬퍼지고 싶지 않다면, 아무런 행동도 하지 않으면 된다. 아무런 마음도 가지지 않으면 되고. 하지만 나는 사랑을 사랑한다. 그래서 최대한 닳고 싶어 한다. 온몸이 너더너덜해져서 단순한 생각을 하는 사람이 되어 보고 싶다. 더, 더, 최대한 단순하게.

그러나 그런 생각을 하면서도 가끔은 나에게도 발버둥 치는 무언가를 꽉 잡을 수 있는 순간이 필요하지는 않을까, 나는 생각한다. 아직은 닳지 않았네. 아직은 닳지 않았구나. 차가 덜그럭거리는데도 주디가 차에서 코 고는 소리가 잘 들렸다. 나는 일부러 창밖만 보았다.

잠

    자고 싶었다. 계속 계속 자고 싶었다. 모처럼 휴일이
3일 정도 되어서 3일 내내 자고 싶었다. 그러나 잠이 오지
않았다. 자고 싶다는 마음이 커질수록 깨어 있는 시간이 훨씬
더 길어졌다. 그래서 자는 척을 하면서 누워 있었다. 누워
있을 때도 자는 척을 하고, 깨어서 방 안을 돌아다닐 때도,
의자에 앉아 있을 때도 조는 사람처럼 행동했다. 창밖도
쳐다보지 않고, 커튼을 친 채로 방 안에서 잠자기를 위해서만
몰두했다. 물도 조금 마시고, 배가 고플 때면 밥을 아주 조금
먹고 다시 침대로 가서 누웠다. 가끔씩 바짝 마른 입술을 몇
번 핥기도 했고, 의자에 앉아 물을 마실 때도 눈을 감고 잠에
빠진 척 고개를 떨어뜨리기도 했다. 누군가가 나의 모습을
본다면 완전히 잠에 빠진 사람이라고 생각할 수 있을 만큼.

그러다가 정말로 깜빡 잠들고 싶었는데, 잠이 오지 않았다.

수면 약을 너무 많이 먹으면 이상하게 목구멍이 부어오르는 탓에 더이상 약을 먹을 수가 없었다. 그리고 약을 먹으면 목구멍도 아프고 머리가 깨질 것처럼 아파서, 먹고 싶지 않았다. 긴장을 줄이고, 생각을 줄이고, 마음 속에 자애로운 신이 있다고도 생각해 보았지만 잠이 오지 않았다. 내 마음 속 자애로운 신은, 결국 나에게 '너는 잘 수 없다. 그러니 기대하지 말아라.' 라고 말해 주었다. 자애롭다고 생각되는 신은 내 편이 아니었다. 그저 마음 속 한 구석에 자리만 차지하고는 이상한 훈수를 둘 뿐이었다. 그는 나에게 한번도 듣기 좋은 말을 해 준 적이 없었다.

결국 3일 동안의 휴일은 눈을 감고 있었지만, 잠들지 못한 채 지나갔다. 점점 자는 시간이 줄어들수록 몸이 아이스크림처럼 녹아 가고 있다는 느낌이 들었다. 3일만에 출근한 나를 보고 직원은 휴일 잘 보냈냐고 물었다. 잘 쉬었어요? 쉬니까 좋죠? 그가 물었고 나는 짧게 네, 하고 대답했다. 그의 대답에 그렇지 못했다고, 제대로 잠들지 못했다고 억지로 나를 설명하는 것보다 나를 들키지 않는 편이 내게는 훨씬 더 편했다.

출근하고 얼마 안 있다가 화장실로 달려가서 울었다. 찔끔찔끔, 꾸역꾸역, 같은 말이 잘 어울리는 모습이었다.

슬프거나 서러워서 운 것은 아니고, 자고 싶어서 울었다.
울면서 집 화장대 서랍 안에 들어 있는 약 봉투들을
생각했다. 목구멍이 벌에 쏘인 것처럼 부어 올라도 약을 먹고
자야겠다, 라는 생각이 들었다. 그래, 오늘은 그렇게 잘 자자,
하는 생각이 들면서 마음이 놓였다. 일상을 유지하기 위해서
하나를 얻고, 하나를 버리는 것이 습관이 된 것 같았다.
절대로 둘 다 얻을 수는 없고, 매번 어떤 것의 무게가 더 많이
나가는지 가늠해 보는 내가 웃겼다. 이런 생각이 들면 과거의
내가, 예전의 내가 점점 기억 속에서 멀어지고 있는 기분이
들었다. 그때의 나와 지금의 나는 도대체 어떤 말로 연결할
수 있는지. 매번 이렇게 낯설고 당황스러울 수 있는지.

　나에게 잠은 행복과 비슷하다. 나는 자는 동안
행복하니까. 자는 동안에는 무언가를 들킬 일이 없고, 숨겨야
한다는 생각을 하지 못하니까. 진짜처럼 보여도 진짜가
아니니까. 나는 그 속에서 만나는 사람들을 마구 미워해도
되고 마구 사랑해도 되니까. 나를 사랑한다고요? 오, 나도
나를 사랑해요. 나뿐만 아니라 지나가는 괴리도, 산책 중인
남의 집 강아지도, 뒷산에서 꿈지락거리는, 눈에 안 보이는
무언가들도 다 사랑해요. 당신은 잘 잡니까? 당신은 잘 자서
행복합니까? 아니면 잘 자지 않아도 숨길 게 없습니까?
당신의 목구멍이 괜찮습니까? 목구멍의 건강과 잠깐이

수면 중 당신의 선택은 어떤 것입니까? 둘 다 선택하지 않을 용기가 당신에게는 있습니까? 당신의 마음 속 자애로운 신은 당신에게 좋은 말을 해 줍니까? 마음 속 자릿세의 값을 하고 있을 만큼?

　자리로 돌아오자마자 아무렇지 않은 척 찬물을 벌컥벌컥 마셨다. 한바탕 토해 낸 것처럼 아직도 목구멍이 따끔했다. 해야 할 일, 써야 할 것들이 뒷산 어딘가 땅 속에서 꾸물거리는 벌레들처럼 뒤엉킨 기분이 들었다. 그러다가 한 달 전 단잠에 빠졌던 하루를 떠올렸다. 일주일 내내 잠을 설쳤고 토요일 저녁 잠깐 잠에 들었을 때였다. 말 끝마다 항상, 대박이라는 말을 달고 사는 대박이가 나오는 꿈. 실제로 만난 적 없고 늘 꿈에서만 만나던 대박이. 그때 꿈이 어땠더라. 그때 꿈은 아마 대박이랑 일산에서 택시를 타고 을왕리에 가서 조개구이를 먹는 꿈이었다. 꿈에서 대박이는 술을 먹지 않았고 나만 술을 마셨다. 아직도 술은 소맥만 먹냐고 대박이가 물었고 나는 그렇다고 했다. 그래도 괜찮냐고 묻길래, 이제는 술이 너무 늦게 오르면 감당하기가 힘들다고 말했다. 빨리 먹고 빨리 취하고 빨리 집에 가고 싶어, 내가 말했고 대박이는 맨날 같은 말을 한다고 나를 나무랐다. 대박이는 무언가를 먹을 때마다

쩝쩝거렸고 음식을 먹고 난 뒤에는 꼭 물을 한 모금씩
마셨다. 그렇게 한참 쓸데없는 이야기를 하다가 대박이가
애인을 만나러 간다기에 택시비를 쥐어 주고 나는 을왕리에
남아서 사람들을 구경했다. 사람은 별로 없고, 끼루룩 우는
새들만 버글버글한 평일 오후 을왕리에 혼자 남아 있는 꿈.
대박이는 매일 똑같은 옷에 똑같은 머리 스타일에 똑같은
신발을 신고 내 꿈에 나왔다. 나는 책상에 앉아서 차라리
그 꿈이 진짜였으면 좋겠다고 생각했다. 목에서 느껴지는
따끔따끔한 통증을 참는 지금 여기 말고, 계속 그 꿈 속에
살아도 괜찮을 것 같다고.

내가 어떤 일을 했고, 무엇을 했는지, 앞으로 할 게
무엇인지, 생각하고 싶지 않았다. 계속 잘 수만 있다면
좋겠다고 생각했다. 늘 반쯤 깨어 있는 것보다 차라리 반대로
계속 잠만 자는 거지. 거기서 사는 거지. 안 먹어도 배가 안
고프고, 먹어도 배가 안 부른 거기에서.

자리에 앉아서 할 일을 앞에 두고는 계속 무언가로 남아
있고 싶지 않다고만 생각했다. 침을 삼킬 때마다 선에 있던
생각들이 머릿속에서 성큼성큼 멀어지는 것 같았다.

그와 메뚜기

한동안 잠을 자지 못할 때면 떠오르는 사람이 하나 정도 있었다. 그는 함부로 말하길 좋아하면서도 항상 자신이 한 말에 대해 후회를 하는 사람이었다. 좀처럼 차분해질 수 없는 무언가가 그를 괴롭히고 있다고 생각이 들면, 나는 그것이 무엇일까 곰곰히 생각해 보곤 했다. 그러다 그의 몸속에 그가 통제하지 못하는 무언가가 있다는 데에 생각이 닿았다. 말하자면, 심장만 한 메뚜기가 그의 몸속에서 가끔씩 펄쩍 뛰어오를 때면 그도 같이 펄쩍 뛰어오르는 것이다. 그때 이후로, 나는 그가 무심코 던지는 말들을 들을 때면 항상 그의 몸에서 펄떡펄떡 뛰어오르고 있는 메뚜기를 생각했다. 그가 하는 말이 그의 의지가 아니라 메뚜기의 짓이라면 어쨌거나 그를 용서할 수 있을 것 같았다. 그의 몸속에 있는 메뚜기는 특히나 계절에 따라 민감하게 반응했다. 봄과 여름에 지랄 맞고 가을과 겨울에 온순해지다가 이내 동면에 빠지는 날도 꽤 되었다. 그가 미울 때는 그가 죽고 나서 그의 가슴팍을 열어 보았을 때, 그 속에 있는 커다란 메뚜기를 꺼내는 꿈도 더러 꾼 적 있었다.

것 봐. 이 놈 짓일 줄 알았어. 너 때문에 그가 나에게 얼마나 미움받았는 줄 아니.

나는 그렇게 말하는 것을 상상해 보고, 상상하는 날들이 많아질수록 정말로 메뚜기에게 그렇게 말하고 싶었다.

그의 잘못이 아니야, 너의 잘못이야.

그는 항상 미워하는 마음과 미워하고 싶지 않은 마음 중간에서만 살았다. 사랑하고 싶은 마음과 사랑하는 마음 근처에는 가지 못했다. 사랑, 이라는 말만 들어도 몸에 알레르기가 돋을 것 같은 나의 병은 그에게서 물려받은 것인지도 몰랐다. 정말로 그랬다. 지금도 나도 모르게 사랑하고 살고 있으면서도, 그 단어에 이상한 서북스러움을 느꼈다. 사랑에도 여러 종류가 있다고 믿으면서, 억지로 보편적인 사랑에 거리를 두고 있는지도 몰랐다. 그저 사랑의 경계선에 머무는 종류의 어떤 것들. 아마도 나의 소설에 나의 그런 생각들이 적히지 않았을까, 이제 와서 자문해 본다.

이제까지 내가 소설에서 쓴 이들은 나와 한 뼘 정도 거리감이 있는 여자들이었으니까.

그가 죽어도 히노끼라고 부르는 것을 나는 죽어도 편백나무라고 고쳐 부르는 것처럼, 우리는 서로를 위해 무리하지 않는다. 그게 자연스러운 것이니까. 무리해서 어떤 평온하고 정상적인 범주의 사랑을 보여 주려고 하지 않으니까. 그를 볼 때면 그 누구도 자신이 아닌 타인을 절대 이해하지 못할 것이라는 생각이 든다. 우리는 서로를 이해할 수가 없으니까.

잠이 오지 않는 밤이면 나는 그의 새벽에 대해서 자주 생각해 본다. 그는 요즘 매일 새벽 4시쯤 눈을 뜬다고 했다. 아침잠이 사라진 그가 새벽에 일어나 하는 일을 집안 구석구석을 청소하는 일이다. 먼지 한 톨 남지 않게 정리하다 보면 아침이 되어 있고, 아침이 되면 그는 어딘가로 나간다. 자전거를 타고 한참을 나가서 밤늦게야 녹초가 되어 돌아오는 날도 있고, 자전거를 타고 속초나 제주도로 훌쩍 가는 날도 있다. 물론 나는 그가 가고 나서야 그 사실을 알게 된다.

어디야?

속초에 있다.

어디야?

제주도에 왔다. 적어도 3일은 있을 거야.

그는 꼭 3일을 언급하고는 일주일이 지나서야 집으로 돌아왔다. 그는 미리 말하는 법이 없었다. 그런 방식으로 말하는 것이 그가 외로움이라고는 모르는 사람이라는 증거처럼 느껴졌다. 아니면 외로움에 너무 익숙한 사람처럼 느껴지기도 했다.

어떤 날은 그가 자고 있는 모습을 몰래 보다가 돌아온 적도 있었다. 새벽에 술을 잔뜩 먹고 그의 열린 방문을 슬쩍 밀었을 때, 그는 거대한 메뚜기처럼 다리를 웅크리고 얇은 여름 이불을 덮고 자고 있었다. 그는 자면서도 어떤 생각에 잠긴 것처럼 얼굴을 꾸물거렸다. 도대체 무슨 생각을 하는 것일까. 무슨 꿈을 꾸는 것일까. 어쩌면 메뚜기의 꿈을 꾸는 것은 아닌지. 예를 들면, 자기 심장보다 더 커진 메뚜기가 몸 밖으로 기어 나오는 꿈? 아니면 엄청나게 커진 메뚜기가 그를 삼켜 버리는 꿈? 무엇인지는 확실히 알 수 없지만 그는 그에게서 자꾸만 밀려나는 것 같은 얼굴을 하고 있었다. 한 쪽 얼굴을 심하게 구기면서, 입술을 앙 모으고 있는 얼굴. 어딘가 울화통이 터지는 얼굴. 용서하고 싶지 않지만 나도 모르게 한편으로 용서를 시도하게 되는 얼굴.

아니, 아니. 거기에 두면 안 되고…….

그는 왜 항상 저런 식의 잠꼬대를 하는지. 잠꼬대를 하는 그의 모습이 왜 이렇게 유약하게 느껴지는지.

　나는 그를 잘 알지 못한다. 수십 년을 함께 살았지만 그의
가슴팍에 진짜 메뚜기가 있는지 아니면 그보다 더 흉폭한
무언가가 있는지, 아니면 아무것도 없는지, 그가 아침잠이
없어서가 아니라 실은 불면증 때문에 새벽에 일찍 깨는
것인지, 알 수가 없다. 나는 그의 시절을 보았지만, 그의
시절에 대해 아는 바가 없다. 그에 대해 제대로 아는 것이
하나도 없음. 그렇기에 그를 떠올리면 떠올릴수록 그를 알지
못해서 미워하지도 못하고 용서하지도 못한다는 생각이
든다. 그저 미워하고 싶고 용서하고 싶은 마음뿐이라는 것을
나는 그를 쓰면서 알게 된다. 결국 나에게 무언가를 쓴다는
것은 결론짓고, 정의하고 싶다는 마음보다 이해하는 마음에
더 가깝다. 잘 모르고 있다는 이해. 쓰면 쓸수록 잘못 알고
있다는 이해.
　나는 내가 잘 모른다는 생각이 들면 오히려 마음이
편해진다. 아무것도 할 수 없다는 무력감보다 하지 않아도
된다는 안도감이 먼저 든다. 알기 위해 고군분투하다가
한순간 놓아 버려도 결국 아무 일도 생기지 않는 평온함 같은
것. 잔잔한 불온감이 평행선처럼 이어지는 것. 나는 그게
나쁘지 않다. 손에 잡히는 것보다 손에 잡히지 않는 것들이

항상 훨씬 더 많으니까. 그저 그 사이에서 단순한 일과를
보내고 있는 것뿐이니까.

　최근에 쓴 소설에는 그가 등장한다. 그러나 그에 대해
쓰고 싶은 마음은 없었다. 평생 그와 메뚜기에 대해 언급하지
않으려고 했는데, 어쩌다 보니 그런 걸 쓰고 있었다. 하지
않으려고 했던 것을 꼭 반대로 하게 되는 이 이상한 버릇이
나는 싫다. 쓰려고 마음 먹으면 절대 안 써지고, 쓰지
않으려고 다짐할 때마다 써지는 것을 나는 이해할 수가
없다. 용서하지 않으려고 했지만 끝내 용서하는 마음과 같은
것처럼. 매번 얼렁뚱땅 쓰고, 얼렁뚱땅 용서하는 내가 너무
허술하다는 생각이 든다.

눈

4년 전인가. 흰 눈에 관한 기억이라는 소설을 쓴 적이
있었다. 기억을 잃어 가는 치매 노인이, 자신을 돌보러 오는
여자에 대해 떠올리는 소설이었다. 여자는 노인에게 반찬을
가져다주고, 행동반경을 잊지 않도록 포스트잇을 붙여 주고,
약을 챙겨 준다. 노인은 여자가 완전히 사라진 다음에야
여자에 대해서 생각하고, 여자의 흔적들을 본다. 노인은
여자가 사라진 모습이 눈이 내리는 것 같다고 생각한다. 눈이
온다, 눈이 와. 노인은 혼자 중얼거리고, 급기야는 정말로
밖에 눈이 내린다고 착각한다. 눈이 온다고 착각한 노인은
밖으로 나와 걷는다. 소설의 전반적인 내용은 노인이 걷는
것이다. 눈이 온다고 생각하고 무작정 걷는 것. 어느 굴곡
많고 경사가 급한 골목을 노인이 걷기 시작한다. 여자를

찾으려는 것은 아니다. 하얀 머릿속을 걷는 것이나 다름없는 노인이, 그저 아무 안전장치 없이 걷는다. 걷다가 넘어지고 걷다가 부딪히고 걷다가 급기야 울기도 한다.

그 소설을 썼을 때 어떤 마음이었는지는 잘 모르지만, 그 소설을 다시 꺼내서 읽어 보았을 때, 나는 이상하게 그 소설이 좋았다. 노인이 밖으로 종횡무진 걷는 장면을 나는 비디오 테잎을 다시 돌려보듯 여러 번 보았다. 그 소설을 읽는 동안에 나는 아무 생각도 하지 않았다. 내가 쓴 소설을 아무런 생각 없이 읽었던 적이 있었나. 어떤 소설들은 다시 읽어 보면 너무 구려서 눈물이 나올 것 같기도 하고, 어떤 소설들은 간신히 읽히기도 한다. 무언가 가까워지려고 할수록 나는 매번 실패한다. 가까워지고 싶다고 용쓰지 않으면, 간신히 그 거리를 유지하기만 하고.

그러니까 요즘은 그런 생각을 하게 된다. 안 좋은 일들은 벌써 일어났고 좋지 않은 일은 나중에도 좋아지지 않는다고. 이미, 지금이 최선이라고. 물론 그 소설을 갑자기 떠올라서 다시 읽게 된 이유는, 지금도 밖에 눈이 내리기 때문이다. 그 소설은 결론적으로 망했고, 고칠 생각도 없고, 다시는 누군가에게 보여 줄 생각도 없지만, 나는 그 소설에 대해 생각한다. 그 소설이 일종의 예언처럼 느껴지기도 한다. 무언가를 원하는 순간, 그것들이 내 자리에서 너 멀어질 것

같다는 예언. 그냥 가만히 있어. 움직이지 마. 그렇게 말하고
있는 것처럼 느껴진다.

  창밖으로 지나가는 사람들을 한참 바라보았다. 우산을 쓴
사람. 우산을 안 쓴 사람. 모자 점퍼를 뒤집어 쓴 사람. 그냥
맨머리로 눈을 맞는 사람. 내가 만약에 밖에 서 있었다면,
나는 어떤 사람의 모습이었을까.
  요즘은 소설을 쓸 때마다, 유감스럽다는 말을 생각한다.
소설에 대해서라기보다 나에 대해서. 지금은 눈이 펑펑
내리고 나는 내가 유감스럽다. 예전에 추상적이었던
질문의 대답들이 요즘에는 구체적인 대답들로 바뀌는 것
같다. 슬퍼서, 힘들어서, 더는 견딜 수가 없어서, 라고 나는
아무렇게나 짧게 대답한다. 실패에도 요령이 필요하다고
믿는 사람과 더이상 실패를 견딜 수 없는 사람은 다르다.

나는 눈이 쌓인 동네를 걷고 있습니다. 아주 오랜만인 것 같은 기분이 듭니다. 밖은 온통 눈으로 환합니다. 눈 때문에 모든 것이 환해 내가 너무 잘 보입니다. 나는 주기적으로 추해집니다. 펑펑 내리는 이 눈이 꼭 빛 같다고 생각합니다. 겨울의 빛. 나는 걷다말고 눈이 부셔 잠깐 멈춰 서서 눈을 감습니다. 눈이 오면 자꾸 무언가를 기대하게 됩니다. 무언가를 떠올리게 됩니다. 그렇기에 나는 겨울이 싫습니다. 이런 이유에서라도 나는 눈이라는 것도 잊을 것입니다. 어차피 병이 악화된다면 그것 또한 어쩔 수 없는 일이 되겠지만 말이에요. 그러나 나는 우습게도 매일 밤 눈이 오는 꿈을 꿉니다. 눈이 발목까지 쌓이는 꿈. 눈이 발목까지 쌓일 때쯤 창문 밖에서 누군가 웃으며 걸어오는 꿈. 나는 아직도 그런 꿈을 꾸다 잠에서 깨곤 합니다. 슬쩍 눈 뜬, 잠결 사이로 아침을 깨우는 새소리가 두런두런 들려옵니다. 어젯밤 꿈들이 천천히 멀어집니다.[4]

4 김남숙, 「흰 눈에 관한 기억」, 《모티프》 2018년 4월 발표.

제사

　눈앞에는 정종을 따르는 아빠가 보인다. 아빠는 두
명의 영정 사진이 놓인 앞에 다가가 정성스럽게 술잔을
올려놓는다. 밍숭맹숭하지만 차가운 정종 잔에 차가운
김이 서린다. 엄마와 나와 언니는 서 있고, 강아지는 서
있는 우리를 보며 고개를 갸웃거린다. 다들 왜 그러고 서
있어? 강아지가 나한테 묻는다. 죽은 사람들한테 밥 주는
거야, 말하면 언니와 엄마가 나를 이상하다는 듯 쳐다본다.
엄마와 언니 표정은 엄숙한 일에는 영 어설픈 사람들같고,
꾸중을 듣는 사람에 가까운 표정을 하고 있다. 우리는
서로를 이상해한다. 나도 그들이 왜 혼나고 있는 사람의
표정을 하고 있는지 알 수가 없다. 가끔씩 상황과는 전혀
맞지 않는 그들의 표정을 볼 때면, 알 수 없이 가슴이 콱 메인

것 같은 기분이 들 때가 있다. 그럴 땐 그런 표정을 짓는
게 아니라, 이런 표정을 지어야지. 왜들 그런 표정을 하고
있어. 답답하게. 왜들 그렇게 연기를 못 해. 제대로 하라고,
제대로. 아니면, 아예 하지 말든지. 처음부터 다시 해 봐. 자,
준비하고, 카메라, 롤!

그러나 나는 하고 싶은 말을 참는다. 차라리 아무것도
모르고 저렇게 꼬리를 흔드는 강아지가 우리보다 낫다고
생각한다. 우리는 너무 못난거야. 강아지보다 못한 거야.
나는 그 말도 참는다. 하기야 강아지가 우리보다 워낙 대단한
것이 훨씬 많기는 많지. 귀엽고, 부드럽고, 보송보송하고,
실수를 해도 얼굴만 보면 녹아 버리고, 따듯한 체온까지.
어쨌거나 나는 참고 있던 말이 목까지 차올라도 하지 않는다.
서로를 아직은 조금 더 견딜 필요가 있다고 생각한다.
그러나, 이 순간을 내년에도 내후년에도 그 다음, 그리고 또
그 다음에도 참아야 한다고 가정해 보자. 그럴 수 있을까?
그럴 수 있어. 참을 수 있어. 나는 억지로 생각한다. 그리고
또 다른 순간들에 대해 생각한다. 아직 날이 있는 다른
것들은 참을 수 있을까? 그건 잘 모르겠다. 남들이 마땅히
하는 것들을 나는 왜 혼자 감당할 수 없는 사람처럼 구는지.
이럴 때 보면 혼자만 심장이 두 개여서 마음을 주체하지
못하는 사람이거나 심장의 기능이 반밖에 작동하지 않아서

남들보다 감당할 수 있는 것이 별로 없는 사람처럼 느껴진다.
심장을 작은 반지 상자 같은 곳에 가둬서 괴롭히고 싶어진다.
혼자만 유난스러운 멍청이.

　강아지는 다과 쪽에 갔다가 과일 쪽으로 갔다가 여전히
꼬리를 세차게 흔든다. 꼬리를 세차게 흔드는 강아지 옆에는
또 다른 사진이 하나 더 있다. 예전에 꽤나 잘생겼다던
남자의 사진이다. 남자는 젊다. 젊지만, 술을 너무 많이
마셨지. 그러나 나는 남자가 술을 많이 마신 탓에 죽은
것은 아니라고 생각한다. 남자는 다른 것을 먹은 것이라고
생각한다. 그랬으니까, 그렇게 튼튼하고 절대 죽지 않던
남자가 고꾸라진 것이겠지. 하지만 그것이 무엇인지 나는 두
번 죽어도 모를 것이다. 사실 안다고 해서 달라질 것도 없다.
가끔 그 속내를 알고 싶지만, 그냥 그대로 남아 있는 것이
나를 평온하게 만든다. 아무 일도 없었던 것처럼 보이니까.
　두 명의 영정 사진이 치워지면 저 남자의 사진이 제삿상
위로 올라간다. 그러면 세 번째 정종 잔이 그의 앞에
놓이고, 우리는 이미 죽은 이를 위해 차려진 누군가의
밥상을 세 번이나 마주한다. 우리는 1년에 세 명의 제사를
한번에 지낸다. 1월, 2월, 3월에 나누어서 세 번 지내기는
어려우니까. 2월에 한번에 해치워 버리는 식이다. 가끔

제삿상 위의 영정 사진을 볼 때면 나는 몇 월에 죽을까,
생각하곤 한다. 어떻게 죽을지는 모르겠지만, 여름은 왠지
냄새나고 더울 것 같아서 싫고, 가을은 너무 애매하니까
싫고, 역시나 2월이나 3월쯤이 좋겠다는 생각을 한다. 사진
속 그들도 살아 있었을 때 그런 생각을 한 적이 있을까?
아니면 여름이나 가을이 나았을 텐데, 하고 후회하고 있을까.
그들은 살아 있었을 때, 서로를 얼마나 버텼나. 할아버지,
할머니는 삼촌을 얼마나 버텼나. 백 번? 이백 번? 삼백
번? 사백 번? 오백 번? 육백 번? 칠백 번? 만 번? 모르겠다.
그들도 자기의 심장을 반지 상자나 그것보다 더 작은
반짓고리 통에 억지로 집어넣고 싶었을지. 흔들고 싶었을지.
　제사가 끝나자마자 고깃국에 밥을 먹었다. 식어 빠진
정종도 두어 잔 마셨다. 강아지가 갑자기 아무도 없는 현관
쪽으로 나가 꼬리를 흔들길래, 웃었다.

포천

    일요일에 포천에 갔다. 전날 먹은 술이 깨기도 전이어서 포천에 가야겠다고 생각했다. 맨정신이라면 포천에는 절대 가지 않았겠지만 술이 덜 깬 김에 마지막으로 용기를 내 보았다. 아마도 마지막이라는 생각으로. 차를 타고 무작정 포천으로 가는 길목에서 여러 사람들의 얼굴이 떠올랐다. 그때는 웃으면서 여러 얼굴을 마주했지만 지금은 볼 수조차 없는 얼굴들. 생각해 보면 나는 혼자서 미련이 아주 많았다. 자연스러운 것이 나에게는 하나도 자연스럽지가 못했다. 나는 혼자서 유난이고, 혼자서 여럿을 생각했다. 모든 것이 싫다고 하지만 모든 것을 싫어하지는 않았다. 나의 창피한 구석을 기꺼이 드러내고 누군가 그 구석을 내가 바라보는 만큼 바라봐 주길 기대했다. 그래서 모든 것이

틀렸다. 그래서 더이상 포천에 가지 않았고 그들을 보지 못했던 것일지도 모른다. 실은 다 알고 있었다. 이미 알고 있으면서도, 마지막이라는 이유로 나는 포천을 벌써 세 번이나 갔다. 술이 덜 깬 김에, 술이 취한 김에.

　포천에 있는 유명한 막국수집과 낚시터와 기괴한 하늘다리와 무수한 별. 나는 그 모든 것을 다 보았고, 같이 간 이들의 사진도 찍어 주었다. 그때는 얼굴이 땡길 정도로 와하하 웃었고 술도 많이 마셨다. 포천에 갈 때마다 괜찮아질 때까지 괜찮아지고 싶다는 생각을 했는데, 사실은 갈 때마다 마음이 오히려 끝나 가고 있다는 기분이 들었다. 그리고 내가 사실대로 쓴 내 이야기는 나에게 가장 무섭다.

좋은 소식과 나쁜 소식

　일이 끝나자마자 집으로 돌아와서 책상에 앉았다. 소설을 써야 한다고 생각했다. 집으로 돌아가는 지하철에서 예전에 썼던 메모들을 훑어보았다. 메모들은 대체로 제대로 알아볼 수 있는 것과 아예 알아보지 못하게 된 것들로 나누어져 있었다. 무슨 마음으로 이것들을 썼는지 어렴풋이나마 알게 될 때에는 과거에서 온 나쁜 소식을 듣게 되는 기분이 든다. 물론 좋은 소식도 있다. 어쨌거나, 지금 이러한 메모를 아무런 감정 없이 말똥말똥 쳐다본다는 것. 그건 적어도 좋은 소식이다.

　책상에 앉자마자 누군가에게 업혀 가는 커다란 그림자에 대해 썼다. 작은 터널을 지나고 빌라에 다다르는 커다란 그림자. 한때 술을 마시면 누군가에게 업어 준다고 한 적이

있었다. 내가 업을 수 있을 것 같은데? 그러나 나는 그 사람을
업지 못했다. 그리고 그러한 그림자가 나오는 소설을 제대로
쓰지도 못했다. 요즘에는 소설을 시작만 하고 버려 둔다.
만나야 하는 누군가들을 벌세우듯이 계속 기다리게 하고.
여름 호프집에서 맥주 한 잔을 세월아, 네월아 마시게 두기도
한다. 요즘 나에게 소설이라는 것이 너무 나의 생각을 빼닮아
있어서, 쓸 때마다 머쓱해진다. 내 소망 같은 것들이 담겨
있는 소설일 때에는 좀 더 민망하고. 아마 나는 소망하는
것들에 대해서는 쓰는 재주가 없는 것 같다.

　가끔 이렇게 앉아 있을 때면, 나에게 소설을 가르쳤던
선생의 말이 불쑥 스칠 때가 많다. 그는 지나치게 솔직하고
그렇기 때문에 벌어지는 좋은 소식과 나쁜 소식을 모두
감당한다. 선생은 지루한 것을 뺀 나머지 모든 것을 잘
견딘다. 미치도록 지루할 때면 지나치게 솔직해지는 선생을
나는 좋아하기도 하고 싫어하기도 한다. 선생을 보면 나의
나중을 생각하게 된다. 나는 어떻게 되어 있을까, 어떤
표정으로, 어떤 마음으로, 어떤 생각으로 살고 있을까.
선생이 말하는 것처럼 별것 없지 않을까. 그러나 한 가지
분명한 것은, 선생처럼 누군가의 선생이 되어 있을 것 같지는
않다는 것이다. 나는 용기가 없고, 아는 것도 없으며, 별로
솔직하지 못하다.

처음에 소설을 쓰기 시작할 때, 나는 내가 엄청나게 용기 있는 사람이라고 생각했다. 내가 쓸 수 있다고 생각했고, 쓰겠다고 마음먹은 것들을 잘 쓸 수 있다고 생각했다. 하지만 나는 그 반대였다. 매번 잘 쓰지 못할 것 같다는 생각에 두려웠다. 쓰다가도 겁이 나서 적어 내려가다가 지우기를 여러 번 반복했다. 결국 백지를 만드는 날도 많았다. 그렇게 쓰다가 지워진 백지가 빽빽하게 쓰여진 페이지보다 더 낫다는 생각이 들어 안심이 될 때가 있었다. 안 쓰는 것이 무언가를 덜 낭비한 것이라고 생각했을 때도 있었다. 물론 오늘처럼 어떤 날은 굳게 결심을 하고 쓰기 위해 앉아 있기도 했다. 그렇게 해서 쓰여진 것들은 한 장면이나 어떤 기억의 조각, 한 사람의 얼굴이 전부다.

쓰다가 덜컥 겁을 먹으면, 나는 내가 쓴 글로 수수께끼를 만들려고 한다. 아무도 알아보지 못하게, 이게 어떤 말을 하는지 도무지 알 수가 없게. 아직 완성되지 않은 글들의 조각을 읽어 볼 때면, 기분이 묘하고 속이 울렁거릴 때가 많다. 도대체 무엇을 숨기고 있는 거야. 도대체 무슨 이야기를 하고 싶은 거야. 스스로에게 되물어도 나는 나에게까지 시치미를 뗀다.

아무것도 쓰지 못한 날이면 많은 것을 쓴 날보다 몸이 더 지친다. 몸을 분리해서 흐르는 물에 뼈마디를 씻고 싶은 기분도 든다. 이런 날은 백이면 백, 제대로 잠들 수 없다. 영 쓸모없는 생각들이 머릿속에서 사라지지 않는다. 술에 취한 사람처럼 눈앞이 아른아른거리고, 마음이 들뜨고 지친다.

뭘 하려고 했지. 뭘 쓰려고 했지. 예전에 뭘 썼지. 왜 쓰려고 했지. 내가 소중하다고 생각한 것들이 누군가에게는 쓰레기 정도로 생각될 수 있다는 생각이 들면 힘이 빠진다. 내 소설은 잘 완성된 소설보다 소설이 될 것 같은 과도기에 있는 소설 같다. 발로 차면 덜그럭 소리가 나는 구멍 뚫린 깡통처럼.

내가 소중하다고 여기는 것을 쓰레기라고 말하는 사람 앞에서, 소중한 것에 대해 계속해서 말하는 사람이 되고 싶다. 이것 좀 봐. 제대로 좀 봐, 말하고 싶다.

그럴 수 없지만 그런 척하고 싶은 것들

　사실을 써 놓고 사실이 아닌 것처럼 굴고 싶다. 예를 들면, 내가 어떤 누군가에게 내 밑바닥을 드러냈었던 날들에 대해, 절벽 오르듯 평지를 손으로 기어서 갔던 날들에 대해, 책상 옆에 쪼그리고 앉아 주로 하는 생각에 대해 말하고 싶다. 소설에 대해서 말하는 사람들, 예를 들면, 어쨌든 계속하는 것이죠, 라고 말하는 이들의 목소리가 나에게는 아무런 흥미도 일으키지 못한다고 말하고 싶다. 어쨌거나 계속 쓰는 것, 계속 해 보는 것, 이라고 명사형으로 힘주어 끝내는 말 속에 정말 본인이 있어요? 라고 물어보고 싶다. 나는 사실 그런 게 없어요. 그런 비슷한 마음이 들 때도 있지만……, 하고 말하고 싶다.

　나에게 아무런 관심이 없는 표정의 사람에게, 책상과

책장이 한 옆에 늘어져 있는 풍경을 보면서 내가 거실에서
무엇을 하려고 했냐면요, 라고 운을 떼우고 싶다.
그때 거실 유리창으로 넘어오는 햇볕을 쬐고 있었고,
무릎으로 걷는다고 해도 전혀 이상할 리 없던 날들의
연속이었어요. 내가 새로 이사 온 집 거실에서 어떤 짓을
하고 싶었냐면요……. 그 불필요한 사실과 비밀 사이에 놓인
마음에 대해 말하고 싶다. 아무도 알려고 하지 않는 것들에
대해, 내가 나에 대해서 이실직고해도 전혀 상처받지 않는
상황에서 나는 다 말하고 싶다. 그리고 하나도 빠짐없이 전부
말하고 나서, 다시 아니라고 말하고 싶어진다.

　아니요. 내가 이런 생각을 했을 리가요, 천만에요. 나는
이런 생각을 하는 사람이 아니에요. 누가 나를 위험한
생각에 빠뜨렸을까요? 위험한 생각? 아니, 위험한 상상?
망상? 어이가 없다는 듯 떠들면 좋겠다고, 나는 어딘가로
걸어가면서 생각한다.

　요즘에는 길거리에 지나가는 사람을 보면 누군가가
떠오르고 그걸 애써 무시해 보지만 잘 되지 않는디. 나는
방금 내 옆을 지나간 누군가를 쳐다본다. 저 사람은 누구를
닮았다, 특히 눈과 입술이. 저 사람의 어깨는 언젠가의
지난날을 떠올리게 한다. 저 사람은 언젠가 만난 적이 있던
것도 같고……. 나는 천천히 처음 보는 사람들을 보면서

생각한다. 그리고 마음이 여전히 닿고 있다는 게 느껴지면
기쁘다.

토니와 수잔

내 소설에는 항상 누군가들을 기다리거나 혹은 기다리지 않는 인물들이 나온다. 계속해서 기다리거나 기다리다가 결국 그 기다리기를 포기하는 인물들. 그들은 언제부터 기다림에 최적화가 되어 있는 사람들이었을까. 아마도 그건 내가 기다리는 것에 도사이기 때문이 아니었을까, 생각해 본다. 나는 기다리는 누군가를 두고 나타나지 않는 것만큼 잔인하고 과격한 복수가 없다고 생각했다. 어쩌면 소설 속의 나타나지 않는 누군가들은 모두 기다리고 있는 '나'에게 복수를 하는 것일지도 모른다고도 생각했다. 기다리는 사람을 두고 죽을 때까지 그 사람 앞에 나타나지 않는 사람의 마음이란 폭력적이고 대단한 결심 같은 것이니까. 물론 소설 속의 '나'는 기다리지 않는다, 혹은 이제는 정말로 기다리지 않는다, 고 말한다.

하지만 나는 내심 그들이 매일 주위를 둘러보고 있다는 것을 알고 있다. 그들의 그런 버릇은 길을 걷다가 혹은 조용한 공터가 나오면 나도 모르게 주위를 살펴보는 내 버릇을 빼닮았다. 이제는 누구인지 잘 기억도 안 나지만 나도 한때 누군가를 계속 기다렸던 적이 있었다. 뚜렷한 기한이 있었던 것도 아니고 약속을 정해 놓은 것도 아니지만 나는 늘 기다리는 쪽이었다. 기다리다 보면 언젠가 불쑥 나타날 것 같은 기대감을 좋아했다. 그리고 나타나지 않을 거라는 것을 아는 실망감도 좋아했다. 그러나 시간이 지날수록 이 일이 지겨워졌다.

자연스러운 것들을 항상 경험해 보지 않고는 알 수 없었다. 얼마나 지겨운지 겪어 보고 얼마나 별로인지 겪어 봐야 그 자연스러운 것들이 대개는 그러하구나, 하는 것을 나는 항상 몇 발자국 늦게 알아차렸다. 모든 것이 어느 정도 지겨워졌을 때 이런 질문을 많이 했다. 내 기대감은 항상 왜 나를 괴롭히는 쪽에 속하는지. 좀 더 좋은 생각을 할 수는 없었니. 좀 더 나은 기대를 해 볼 생각은? 스스로에게 질문해 보지만 이미 지난 과거를 바꿀 수는 없는 노릇이지. 어차피 그렇게 기다려 보지 않은 이상, 기다리는 것이 결국에는 지겨운 감정이라는 것을 알지 못했을 것이니까.

소설을 쓰면서 혹은 읽으면서 항상 누군가가 누군가를
애가 타게, 혹은 멍하게 기다리는 영화나 소설을 좋아했다.
아고타 크리스토프의 『어제』에 나오는 토비아스 호르바츠를
좋아했고, 톰포트의 영화 「싱글맨」에 나오는 죽은 애인인
짐을 생각하는 콜린 퍼스가 좋았다. 「가장 따뜻한 색,
블루」에 나오는 아델 에그자르코풀로스의 어린 아이처럼
우는 얼굴이 좋았고, 나중에 아델이 그는 절대 돌아오지
않을 것이라는 생각에 그제야 머리를 단정하게 묶는 장면이
좋았다. 빠져 있었다면 빠져 있을 만큼 그 감정과 그 버릇을
나에게서 떼어 놓기가 어려웠다. 그러다가 수도를 잠근
것처럼 모든 것이 자연스럽게 뚝 끊겼다. 그걸 알기까지
나에게 있어서 시간은 매번 어렵고도 느리게 흘러갔다.
하나의 이상한 버릇을 끊기까지는 한 시절이 걸리기도
하는구나.

톰포드 영화를 돌려 보다가 「녹터널 애니멀스」라는
영화를 봤다. 마지막 장면이 아릴 정도로 좋고 슬펐다.
「녹터널 애니멀스」라는 제목은 잠을 자지 못하는 수잔에게
에드워드가 붙여 준 별명이었다. 야행성 동물. 영화의
내용을 말하자면 기다리는 쪽이었던 에드워드가 수잔을
기다리게 하는 것으로 끝이 난다. 결국 기다림이라는
방식으로 누군가를 벌주기. 무언가 크게 바뀌었고 돌이킬

수 없다는 것을 알려주는 방식으로. 영화를 보고 여러가지 생각이 오갔다. 돌아오지 않는 건 결국 돌아오지 않고, 바뀌지 않았던 것은 바뀌지 않는다는 생각. 영화를 보고 원작 소설이 있다는 말에 책을 찾아 읽기 시작했다. 영화의 원작은 『토니와 수잔』이라는 책이었다. 그 작가의 책은 처음이었다. 오스틴 라이트의 책은 단 한 권, 『토니와 수잔』만 읽고 그다음 책으로 넘어가지는 못했다.

소설의 도입에는 이렇게 쓰여 있다.

"그녀는 에드워드에게 글 쓰는 법에 대해 조언을 한 기억이 났다. 지금 생각해 보면 아주 뻔뻔스러운 짓이었다. 그때 그녀는 이런 말을 했다. 당신에 대한 글은 이제 그만 써. 아무도 당신이 얼마나 기분이 좋은지 신경 쓰지 않아. 그 말에 에드워드는 이렇게 대꾸했다. 자신에 대해 쓰지 않는 작가는 하나도 없어. 수잔이 말했다. 당신은 문학을 좀 알아야 해. 문학과 세상을 염두해 두고 글을 쓸 필요가 있어. 그녀는 오랫동안 자신이 그 안에 있는 뭔가를 죽인 게 아닌지 두려웠고, 그가 보험업으로 전향한 게 그녀의 그런 가혹한 조언에 개의치 않았다는 뜻이었기를 바랐다. 하지만 이 책을 보니 그녀의 조언에 대해 에드워드가 다른 답을 내놓은 것 같았다."[5]

---

5   오스틴 라이트, 박산호 옮김, 『토니와 수잔』(오픈하우스, 2016), 135쪽.

자꾸만 앞의 문장이 문득 문득 기억에 남았다. 당신에
대한 글은 이제 그만 써. 아무도 당신이 얼마나 기분이
좋은지 신경 쓰지 않아. 그 말이 나에게 하는 말처럼
느껴졌다. 소설을 쓰면서 기다림에 대해 아는 누군가들은 내
소설에 대해 생각해 줄 것이라고 생각했지만, 그건 나에게만
한정된 이야기일 수 있고 여전히 앞으로도 무엇을 쓰던
그럴지도 모른다는 생각이 들었다. 가닿으면 좋겠지만,
가닿을 수 없다는 것을 전제로 무엇을 용기 내서 쓸 수
있을지. 어떤 확신이 있다는 것이 정말 확신인지, 가벼운
마음인지, 어쩌면 그냥 한다는 말이 가장 맞는 말인지, 아직
잘 모르겠다.

정확한 진단

선생에게 이제는 선생을 만나지 않겠다고 말했다. 술도 많이 안 마시고요, 잠이 안 오면 그냥 자지 않아요. 그렇게 버티다 보면 괴롭지만 그래도 삼사 일 중에 하루는 까무룩 잠들고요. 이제는 그런 방법을 알아요. 상담을 하지 않아도 괜찮을 것 같아요. 급할 때만 들러서 필요한 약만 받아서 돌아가면 될 것 같아요. 나는 말했다. 선생은 이유를 묻지 않았다. 물으려고 하다가도, 내 얼굴을 보고 도로 말을 집어넣는 기색이었다. 나는 아무 말 없는 선생에게, 한번쯤 의지하던 굴레를 뚝 끊고자 하는 이상한 욕구가 나에게 있다고 말하고 싶었다. 그러나 나는 그 말을 밖으로 꺼내지 않았다. 선생에게 그런 말을 하는 내가 오늘따라 바보 같이 느껴졌다. 대신에 나는 선생을 바라보면서 속으로 중얼거렸다.

혹시, 콜드터키라고 아세요? 알코올 중독자들에게 술을
갑자기 끊게 해서 술을 끊게 만드는 요법이요. 술을 더 이상
마시지 못하는 알코올 중독자들이 금단 현상 때문에 덜덜
떨고 있는 모습이 추위에 떠는 칠면조 같다고 해서 붙여진
그거요. 그걸 해 보려고요. 나는 속으로 생각했다. 그러다
선생의 책상 뒷편에 있는 홍콩 야자의 반질반질한 잎을 보니,
나의 다짐이 별 볼 일 없게 느껴졌다.

선생은 손톱도 단정하고 머릿카락에도 윤기가 흐르고,
웃을 때 예쁘기까지 했다. 나는 부스스한 머리로 아침 9시
반부터 선생 앞에 앉아서 쓸데없는 다짐을 하고 있고.
그러니까, 나는 이 순간이 무섭다. 어느 때 갑자기 정신을
차리면 나는 거의 이런 형편없는 모습으로 누군가의 앞에
앉아 있는 나를 발견하곤 한다. 내 거울은 필요할 때는
자주 사라지고 필요하지 않을 때, 갑자기 이런 식으로
나타난다. 이럴 때는 어떻게야 하나. 어떤 생각을 해야 하나.
스스로에게 물어보지만 나는 그런 때가 오면 자연스럽게
나쁜 생각에 이끌린다. 세상에서 가장 지독하고 나쁜 생각을
하고 싶어진다. 그런 생각을 해도 내 잘못이 아니라고 말하고
싶게 한다.

나는 선생을 앞에 두고, 내 머릿속에서 떠오르는 나쁜

생각들을 아무렇게나 생각한다. 아무도 모르게 혼자 하는, 그런 생각. 세상에서 가장 나쁘고, 지독한 냄새가 나는, 누군가가 들으면 깜짝 놀랄 정도로 못된 생각. 너무 못돼서 못된 마음을 넘어서는 못된 생각.

선생은 나에게 좋은 선생이자 친구이지만, 나는 가끔 그 사실이 참을 수 없이 슬프다. 나는 선생을 의지해야만 하고 선생은 나를 예약 시간에 찾아오는 환자 정도로만 생각한다는 생각이 들면, 허무하다. 그리고 선생의 말이 떠오른다. 나를 진단하고 위로했던 말들이 떠오른다.

아무리 노력해도 현재를 살 수 없는 기분에 휩싸이는 것을, 선생은 간단하게 우울증이라고 진단했다. 알코올 의존 증세도 있는 것 같고, 특히나 그래서 불면증이 심하다고. 평상시 어떤 생각을 하는지, 어떤 마음을 주로 느끼는지, 선생은 내가 어렵게 일일이 나열했던 긴 서술들을 대부분 명사형으로 끝마쳤다. 버스와 지하철을 잘 못 타는 것, 갑자기 심장이 터질 듯이 두근거리는 것도, 갑자기 과거의 무언가들이 파도처럼 휩쓸어서 나를 꼼짝 못 하게 하는 것도, 내가 공황 장애를 앓고 있어서이기 때문이라고 명료하게 말해 주었다. 나는 그렇게 말할 수 있는 선생이 부러웠다. 이제 괜찮아졌으니, 혼자 해낼 수 있다는 다짐을 말하려고 이곳에 온 것인데, 책상에 앉아 있는 하얗고 투명해 보이는 선생이, 무엇이든 명료하게 알아내는 선생이 부러웠다.

나는 선생의 얼굴과 선생의 책상 뒤에서 반짝이는 홍콩 야자의 잎을 바라보았다. 블라인드가 바람에 흔들릴 때마다 선생의 책상 위에 놓인 작은 손거울이 반짝였다. 거울은 은색 테두리를 두르고, 선생처럼 윤기가 났다. 선생은 어느 때고 자기가 보고 싶을 때, 본인을 볼 수 있는 것이다.

집으로 돌아가는 길에 버스에서 다짐을 적으려고 휴대폰을 켰다. 무언가 엄청나게 건강한 다짐들이 있었던 것 같았는데, 잘 기억나지 않았다. 그러다가 휴대폰 화면에 멍한 내 얼굴이 보였다. 예전에 내가 누군가들에게 했던 말들이 다 거짓말처럼 느껴졌다. 무언가를 고백하고 싶다는 말. 그게 어쩌면 나일지도 모르겠다는 말. 하지만 이제는 아닌 것 같다는 생각이 들었다. 나는 나를 제대로 보지도 쓰지도 못한다. 그저 아는 척하고 있다가 이따금 모르고 있다고 정신을 차리게 되는 것인지도 몰랐다. 나는 나를 제대로 보는 것에 겁을 내고 있다. 내 생각보다 내가 흉측하고 끔찍할까 봐. 나는 이 시끄럽고 소란스러운 생각과 마음들이 정리되기를 기다린다. 원래 내려야 할 역을 지나치고 또 지나치면서도 계속 생각한다. 그때가 오면 지금과 다른 걸 쓰고 있을까. 다른 소리가 나는 사람이 되어 있을까. 질

모르겠다. 굳게 믿었던 마음도 시간이 지나면 항상 별것 아닌 게 되어 있으니까. 내 소설에는 그저 그때의 믿음만이 조금 들어가 있는 정도일 뿐이다. 거기에는 시간이 지나면 변하지만 그저 지금 믿어지는 것들만이 있다.

개똥 같은

　　노트 중간을 펼쳤는데 '나는 내가 아주 개똥이라고
생각한다.' 라고 써 있었다. 작년 이맘때 쓴 일기였다. 그
뒤에는 알 수 없는 말들이 적혀 있었다. 앞뒤 맥락을 알
수 없게, '기차를 타지 말자.' 라는 말만 덩그러니 적힌
것도 있었다. 나는 작년 일기를 조금 훑어보다가 금방
덮었다. 그맘때 일기는 다 저런 식으로 시작해서 알 수 없는
말들로 끝이 났다. 최악의 계절들, 최악의 사건들은 모두
다 지나갔다고 생각했는데 여전히 그것들은 내 인생에서
순서대로 착오 없이 진행되고 있는 기분이었다.

　　그해는 밖으로 거의 외출하지 않았다. 좋아하던 산책도
나가지 않았다. 사람들이 없는 시간을 찾아서 가끔 뒷산을
올랐다. 부스럭거리는 소리에 화들짝 놀랐고, 누군가가 나를

미워하고 증오하고 있다는 생각을 계속해서 했다. 마음이 물러져서 자꾸만 안 좋은 생각들이 튀어나왔다. 보고 싶은 사람이 있었는데, 그에게 한번도 전화하지 않았다. 그런 마음을 참은 것을 스스로 대견하다고 생각했다. 외롭고 헛헛하고 알 수 없이 슬픈 이 감정을 계속해서 견디고 싶었다. 그런데 언제나 그렇듯이, 속에서 참고 있던 것들이 콱 하고 터지는 날들의 반복이었다. 어떻게 할까, 어떻게 하지, 하면서 작년 이맘때쯤 나는 매일 술을 마셨다.

특히나 봄에서 여름으로 넘어가는 사이를 견디기 힘들었다. 모든 것들이 당황스러웠고 버거웠다. 노력할 만큼 노력했는데, 읽는 것도 잘 되지 않았다. 그래서 마시기만 했다. 죽도록 마셔서 진짜 죽나 안 죽나 볼 요령으로 마셨다. 그러나 속으로는 내심 벌벌 떨고 있었다. 같이 마실 사람이 없다면 일가친척들까지 불러 모을 마음으로 친구들을 불러 모아 술을 마셨다. 어색하고 불편한 사이의 사람들을 앞에 놓고 혼자 깔깔깔 웃었다. 상대방의 표정이 미묘하게 변할 때쯤 내가 먼저 자리에서 일어났고 집으로 돌아가 정신을 놓을 때까지 마셨다.

그때 만난 누군가들은 내가 완전히 정신이 나갔고 위험한 상태라고 생각했을지도 모른다. 나는 그들의 눈빛에서 그것들을 읽었다. 그리고 그런 것들을 읽은 날에는 나를 좀 더 멈추지 않았다. 앞에 놓인 안주들이 바싹 말라 갈 때까지, 나는 혼자 웃고 혼자 이야기하고 가끔 혼자 다른 생각을 하고 혼자 침묵했다. 나는 누군가들이 나를 오해하도록 내버려 두고 그것을 지켜보았다. 잠시 나를 멈출 수도 있었지만 그러지 않았다. 며칠 동안 숙취에 시달리고 마음이 너그러워지는 오후에는 내 앞에서 나를 참았던 이들에게 고맙다고 말하고 싶은 생각이 들기도 했다.

그런데 그런 날, 카페에 앉아서 손에 든 커피잔이 달달 떨리고 그것을 내려다보고 있자면, 아무래도 용기가 잘 안 났다.

가만한 지옥에서 산다는 것

　4월 1일, 내가 멍청해서 슬프다는 일기를 적었다.
만우절이었고 아침부터 자기 집에 불이 났다는 중국인
친구의 이상한 농담을 들으면서 잠에서 깬 날이었다. 그날은
우연하게 장국영이 출연한 영화, 「천녀유혼: 인간도 2」를
다시 보았고 보는 내내 슬프지도 기쁘지도 않았는데, 옛날
영화 속 장국영이 너무 그대로여서 종국에는 슬픈 기분이
드는 그런 날이었다. 그리고 장국영처럼은 아니지만 나도
내가 여전히 너무 멍청해서 슬펐다. 작년도, 재작년도,
지난달도 나는 비슷한 일기를 썼다. 나는 내가 너무 멍청해서
늘 슬퍼하고 있었다. 그리고 요즘은 그 사실이 너무 싫어서,
아무것도 하지 않아도 마음이 지옥 같다. 가만히 있어도
땅으로 계속해서 굴러떨어지는 기분. 가만히 있어도 계속

악몽을 꾸는 기분.

예전에는 지독한 악몽을 꾸면 옆 사람을 깨워서 조잘조잘 처음부터 얘기해 주곤 했는데. 방금 꾼 악몽은 말이야. 내가 생각해도 너무 끔찍한 거야. 어떻게 그런 생각을 할 수 있지? 징그럽지? 이 머릿속에서 그런 꿈을 꿨다는 게 신기하지? 혹시 내가 무섭다고 생각하는 건 아니지? 그렇게 두근두근한 마음으로 물어보면 그 사람은 가만히 내 머리를 쓰다듬어 주곤 했는데. 지금은 나 혼자 악몽에서 깨어 천장만 바라보고 있네. 이것이 과연 바보의 최후인가. 멍청한 자의 마지막 모습인가.

그 사람에게 혹은 누구에게도 말한 적 없지만, 실은 악몽을 연달아 꾸는 날들이 오면 나는 내가 어떤 상태인지 대충 짐작할 수 있었다. 그때 나는 사실 누구보다 지독했고 징그러운 사람이었다. 그때 악몽에 대한 이야기 말고, 내가 그저 지독하고 징그러운 사람이라고 솔직하게 말했다면 좋았을 텐데. 그러면 그 사람이든 누구든 나를 몇 번은 봐주었을지도 몰랐을 텐데. 나는야, 머릿속에서 칼을 쥐여 준다면 누구든 마구 찌를 수 있는 그런 못되고 치졸한 사람이라고. 그래서 혼자가 될 것이라고.

꿈에서 깨면 스윽스윽 머리를 쓰다듬는 소리가 가끔

환청처럼 들린다. 그리고 그것이 환청이라는 사실을, 별것 아닌 부스럭거리는 바람 소리라는 사실을 느꼈을 때, 나는 내가 완전히 혼자임을 느낀다. 머리를 쓰다듬어 줄 사람도, 끔찍한 악몽의 스토리를 조잘조잘 이야기할 사람도 내 곁에는 없다. 정확히 말하자면 내가 멍청해서 누군가를 떠나게 했다는 표현이 맞을 것이다. 반년이 지났는데, 이제야 그런 기분을 느끼다니. 내 시간은 한참이나 잘못되었음이 분명하다. 내 슬픔은 언제나 더디게 찾아와서 나를 몇 번이고 더 슬프게 한다. 나는 그게 싫은데, 느린 내가 나를 몇 번이고 슬프게 한다.

혼자 밥을 차리고 설거지를 하고 식탁에 앉아서 다리를 떨고, 쓰레기를 종량제 봉투에 꾹 눌러 담을 때마다 주변이 신기하리만치 조용하게 느껴진다. 원래 이렇게 아무 소리도 없었나. 원래 이렇게 지독하게 조용했었나. 옆에서 조잘거리는 말소리라고는 텔레비전 소리거나 베란다 밖, 자동차의 경적 소리거나 옆집의 알 수 없는 망치질 소리가 전부다. 누군가 한 명 사라졌을 뿐인데, 모든 시간과 공간이 낯설도록 조용하다. 반년. 나는 정말 무섭도록 느리구나.

점심으로 칼국수를 먹은 날, 나는 되도록 이 지옥에서 오래 살자고 생각했다. 왜? 그냥 그러고 싶어서. 왠지 그게 마땅하다는 기분이 들었다. 이유는 잘 모르겠지만.

역시나 지옥이라서 점심으로 칼국수를 먹었는데, 일산 칼국수 진짜 맛있는데, 눈물 날 정도로 맛있는데, 혼자 먹으니까, 맛이 하나도 없었다.

엿 같은 지옥. 엿 같은 칼국수.

가만한 지옥에서의 삶은 칼국수도 맛없고 프라이드치킨도 맛없고 술도 맛이 없다. 벌써 금주를 한 지 삼 주가 넘어가고 있었다. 나를 보는 이들은 기운이 하나도 없네, 몸이 말라비틀어지겠네, 라고 우스갯소리를 던지기도 하지만, 사람은 쉽게 안 죽어요, 저는 진짜 잘 안 죽어요, 나는 그들에게 말한다. 그리고는 고개를 숙여 바닥을 보거나 고개를 들어 천장만 바라본다. 나는 지독해. 이 지독한 독을 어떻게 빼내야 할까요. 혼자 중얼거리면서.

이제 날씨도 끈적해서 소주, 맥주 1대 3의 비율로 원샷을 해야 하는데, 그럴 만한 마음이 들지가 않는다. 전보다 잠도 늘고 걸음도 느려지고 걷다가 이유 없이 바닥에 아무렇게나 앉아서 쉬는 날들이 많아지고 있다. 시골에 있는 엄마, 아빠처럼. 봄이나 가을 혹은 여름이면 왜 이렇게 그들이 의자도 없는 돌바닥에 앉아 있었는지 나는 이제야 조금은 이해하고 있었다. 그때 아빠는, 엄마는 무엇이 그렇게 슬펐을까. 아무런 곳에나 엉덩이를 붙이고 가만가만 숨만 몰아쉬는 사람처럼. 아빠를 생각하면 까만 정승이 생각나고 엄마를 생각하면 둥근 돌이 생각난다. 그건 지금도 마찬가지다. 그렇게 가만히 멈춰서 뿌리 내린 정물처럼 슬퍼하기.

굳이 닮지 않아야 하는 점을 닮아 가는 것은 슬프다. 그러나 그건 내가 어떻게 할 도리가 없는 부분처럼 느껴진다. 더 넓은 지옥이란 그런 것. 더 좁은 지옥이란 이런 것.

4부

치과, 브루클린 버거

　잠실 롯데몰 4층, 치과에 들러 돌아오는 길에 그만하고 싶다는 생각이 들었다. 매일 일하기 위해 지하철을 타고 교대로 가는 것, 책상에 앉는 것, 글자를 읽는 것, 사람을 마주하는 것, 밥 챙겨 먹는 것, 신발 신는 것, 걷는 것, 누군가를 보는 것, 웃는 것, 그만하고 싶지만 계속해서 참는 것, 전부 다. 새로 개업한 치과에서 치아 파라노마 사진을 찍고, 사랑니 발치 예약을 잡은 날이었다. 치과의 모든 공간은 이제 막 지은 듯 깨끗했고, 급방 쓰고 무너뜨리기 쉬운 부속품 같은 파티션으로 나누어져 있었다. 치과 대기실에 앉아서, 엄마에게 화를 내거나 우는 학생들을 바라보았다. 아이는 엄마에게 화가 나 있었고, 이유는 오늘 치과에 오게 되면 친구들과 맛있는 걸 먹기로 한 약속을 취소해야 한다는 것이었다. 치과 오면 오늘 햄버거 못 먹잖아. 내일 가도 되는 걸 왜 하필 오늘 가자고 해서 그래. 나만 못 갔잖아. 아이는 당연한 듯이 엄마에게 화를 냈고 엄마는 그걸 당연히 미안하다는 듯이 받아들였다. 엄마가 오늘밖에 시간이 없어. 그리고 저 당연함이 나는 좀 부러웠다. 시간이 지나도, 나이를 먹어도, 결코 채워지지 않는 무언가가 누군가들에게도 다 있을 것이다.

그라인더 돌아가는 소리와 소아치과 쪽에서 나는 아이들의 비명소리가 대기실을 채웠다. 평소 같았으면 떨리고 무서웠을 마음이 심장을 차가운 물에 담근 것처럼 무감각해졌다. 내 차례가 되었을 때 나는 왼쪽 위아래 사랑니를 빼려고 베드에 누웠다. 의사는 둘이었고, 한 명은 내 사랑니 발치를 구경하러 온 견습 후배 같았다. 의사는 내 사랑니를 빼면서 어린 후배 의사에게 여러가지 말을 했다. 너무 어려워할 것 없다고. 무엇보다 손이 빠른 것이 관건이라고. 요령이 생기면 뿌리가 조금 얽혀 있어도 조각내서 빼면 금방이라고. 별것 아닌 말에도 어린 후배는 군기가 바짝 들어간 목소리로 네, 네, 하면서 말했고 나는 그 목소리가 너무 피곤해 보여서 거슬렸다.

사랑니 두 개를 빼는 데 걸리는 시간은 5분도 되지 않은 것 같았다. 의사의 말대로 사랑니를 뺄 때에는 손이 빠른 것이 관건이었다. 사랑니 발치를 끝내고 의기양양하게 걸어가는 의사의 뒤를 견습 후배가 종종 걸음으로 쫓았다. 그들이 떠나자 양볼에 얼얼한 기운이 퍼졌다. 의사가 가고 간호사가 주의사항을 알려 주기 위해서 다가왔다. 파티션으로 나눠 놓은 곳에서 비명소리와 우는 소리가 계속해서 들렸지만 나는 가만히 있었다.

　모든 걸 그만하고 싶다는 생각이 들면, 나는 내가 사물처럼 느껴지곤 했다. 넓고 화려한 치과의 치우기 쉬운 파티션 벽처럼. 거즈를 입에 물리고 앙 다무세요, 라는 간호사의 말에 멍청이처럼 입을 너무 세게 다물었다. 그 덕에 입안으로 피가 진득하게 고였고 간호사가 너무 세게는 말고요, 라고 덧붙였다. 어쩐지 이런 나의 멍청함마저 모든 것을 그만두고 싶어지는 마음을 부추기는 듯한 기분이 들었다. 어떡하지, 어떻게 해야 하지, 나는 잠깐 생각했다.

　치과에 앉아서 대기를 하는데, 혼자 앉은 사람은 나뿐이었다. 보호자가 필요한 건 아니었지만 쓸쓸했다. 생각해 보면 나는 누군가의 손에 이끌려, 부축을 받으며 병원에 온 적이 없는 것 같았다. 홀로 응급실에 전화를 걸어 이송당하거나, 한겨울 목도리를 칭칭 두르고 간신히 택시를 잡아 타고 대학병원으로 향하거나 둘 중 하나였다. 왜 그랬을까. 왜 없었을까. 그저 아주 우연히 그런 일들이 벌어졌다고 나는 생각한다. 우연히 나는 혼자였고, 우연히 그때 몸이 좋지 않았고, 우연히 그런 기억들 때문에 조금 쓸쓸한 사람이 된 것 같다고 생각한다. 그 일들을 차례로 떠올리기 시작하니까, 아주 옛날 일인데도 어제 일처럼 슬펐다. 선생이 며칠 전 상담에서 나에게 나쁜 기억은 좋은 기억으로 덮을 수 있다고 했는데, 나에게 그런 좋은 기억도 우연히 생길까요. 우연히 나는 좋아질까요.

대기실에 앉아 있는 것뿐인데 자꾸만 몸속에서 무언가 빠져나가는 기분이 들었다. 입안에 피가 진득하니 자꾸만 고이고, 이런 느낌이 어쩐지 익숙해서, 오히려 더 어쩔 줄 모르겠는 기분이 들었다. 자꾸 피가 나는 것 같다고 말하자, 간호사가 새로운 거즈를 몇 개 더 쥐어 주었다.

그러곤 알 수 없지만 치과에 나오고 나서부터 간호사의 말이 계속 귓가에 떠돌았다. 앙 다무세요, 입을 앙 다무세요, 피가 잘 새지 못하게 앙 다무세요.

거즈를 손에 쥐고 걷는 내내, 누군가가 이 별것 아닌 일로도 나를 부축해 줬으면 좋겠다고 생각했다. 고작 사랑니 하나 뺀 것인데도, 괜찮냐고 물어봐 주었으면 좋겠다고 생각했다. 나는 롯데몰에서 에스컬레이터를 타고 커다랗게 뚫린 광장 아래를 바라보면서 파격 세일 매대에 널린 옷가지들과 사람들을 바라보았다. 푹신하게 쌓인 옷가지들 위로 사람들의 손이 일사분란하게 지나가고, 누군가들 곁에는 꼭 누군가들이 있었다. 꼭 그 장소에 나만 혼자 남겨진 것처럼. 나는 잠깐 푹신한 의류 매대 위로 떠오르는 상상을 했고, 동시에 그 상상이 너무 영화 같다는 생각이 들어서 짜증이 났다. 롯데몰에서 아무도 모르게 에스컬레이터를 오르내리면서 울었다. 마스크가 눈물이랑 콧물로 축축해져 갔다. 광활한 상점가들 사이에서 아무 곳에나 들어가 커피나 술을 마시고 싶었지만 마시지 않았다. 그러다가 에스컬레이터를 타고 천천히 내려오는데 브루클린 버거의 간판이 보였다. 어떤 당연한 이유들 때문에 누군가는 먹지 못하는 햄버거. 그렇기에 나는 언제든지 먹을 수 있는 햄버거.

　역에 도착해서 개찰구 앞에서 한참을 망설였다. 그리고는 햄버거를 사기 위해 다시 그쪽으로 걸었다. 걷는 와중에 입을 앙 다물면 눈물보다 콧물이 더 많이 나온다는 사실을 알았다. 나는 더욱 더 입을 앙 다물었다. 눈물보다 콧물이 더 새어 나올 때마다 나는 한바탕 울어 젖힌 사람처럼 훌쩍거리면서 걸었다.

사랑하지 않았던 사람들

　성동구 문화센터에서 처음으로 누군가에게 선생으로 불린 적이 있었다. 그때 나는 스물넷이었고, 대학을 막 졸업했을 때였다. 낮에는 여기저기 쏘다니면서 잡일을 좀 했고 일주일에 한 번, 금요일 저녁에는 문화센터에 나가서 소설을 가르쳤다. 가르쳤다, 라고 쓰니까 대단해 보이지만 그냥 대체할 단어가 없기 때문에 그렇게 적을 수밖에 없을 뿐이다. 무언가를 대단하게 잘 알아서 누군가를 가르치려고 한 것은 아니었다. 일이 필요하기도 했고 아무리 멍청한 사람이어도 누군가에게 (그게 어떤 것이든) 무엇이든 하나쯤 알려 줄 수는 있다, 라고 생각하며 나는 금요일 저녁 매일 그곳으로 향했다.

　저녁 수업이었기 때문에 도착하면 항상 해가 지고 있거나

어두운 밤이었다. 건물 근처에 매번 과일이나 채소 트럭이
서 있었고, 확성기로 울려 퍼지는 녹음된 아저씨의 목소리가
들려왔다. 수박, 수박 있습니다. 무, 무 있습니다. 나는 그
소리를 들을 때면, 한참을 앉아 있다가 상상에 빠지곤 했다.
언젠가 그에게서 커다랗고 통통한 무를 사서 초가을에
깍두기를 담가 먹는 상상을 주로 했던 것 같다. 커다란 무를
서걱서걱 썰어서 김장 통에 꾹 눌러 담는 상상. 어느 날
잠이 안 오면 내가 담갔던 깍두기가 잘 익었나, 냉장고를
열어 손가락으로 하나 집어 먹는 상상. 단맛이 나는지
아직 떫은 맛이 나는지 입맛을 다시는 상상. 그러나 나는
한번도 거기에서 무를 직접 산 적이 없다. 그곳에서 산 무가
아니더라도 한 번도 깍두기를 직접 담근 적도 없었다. 나는
그저 그런 것들을 보고 자주 상상에 빠지기만 했다. 그때는
전부 그런 식으로 시간을 보내기에 바빴다.

그 당시 나에게 상상은 어떤 것보다 쉬웠고, 충분히
현실이 될 수도 있는 상상임에도 그것들을 현실로 만들
용기는 선혀 없었다. 누군가 그게 뭐라고, 하는 것들에
나는 항상 몸을 움츠렸다. 상상이 용기를 냈던 때는 그래
봐야 고작 무를 파는 트럭 옆을 기웃거리면서 정말로
아저씨의 말처럼 무가 그렇게나 크고 단단한지 눈으로
보는 정도였다. 그때 내가 그렇게 작았던 이유는 내가 나를

너무나도 사랑하지 않았기 때문이었다. 나는 내가 늘 싫었고 혐오스러웠다. 무언가랑 대체하고 싶을만큼. 가끔 그 시절 소설이 좋았던 이유를 생각해 보면, 나를 누군가를 대체하고 싶은 마음이 컸기 때문이라고 생각한다. 내가 아닌 나, 그런 염원을 담아서 마구잡이로 써 봤던 소설들.

　어디서부터 잘못된 것일까, 아무리 물어봐도 내 기억 속에는 여전히 너무 많은 단추가 어긋난 시절들이 뒤엉켜 있다. 정수리가 빨개질 정도로 햇빛을 받으며 이곳저곳을 쏘다니면서도 내가 원하는 무언가에 대해서 한번도 생각해 보지 않았던 때. 무언가 털어놓고 싶은데, 털어놓을 말이 없던 그때는 무엇이든 생각해 보는 게 나에게 유일하게 가능한 일이었다.

　무, 무 있습니다. 그 소리를 한참을 듣다가 교실로 들어가면 나를 보던 얼굴들이 아직도 머릿속에 생생하게 떠오른다. 늘 교실 맨 앞자리에 앉아 있던 어르신까지. 이상하리만치 일흔여덟이라는 나이가 잘 어울리던 사람. 나는 그 분의 푸르고 축축한 눈동자가 여전히 생각난다. 매일 낚시용 조끼와 모자를 입고, 여름에는 제법 성실하게 출석했으나 가을과 겨울에는 거의 보지 못했던 사람. 군대 얘기를 자주 하면서 고개를 휘휘 저었던 사람. 대대장한테 혼나던 얘기를 소설에 썼던 사람. 대대장한테 많이 혼났습니다, 실제로 그 말을 나에게 자주 했던 사람.

이상한 연관성이지만 초가을이 되면, 깍두기가 먹고 싶어지면 그때 그 사람들과 함께했던 시절이 생각이 난다. 건물 뒤에서 몰래 담배 피우고 돌아가는 길이 쓸쓸해서 항상 지하철을 타지 않고 일부러 더 걸어갔던 그 시절이, 지금은 나에게 이상한 위로를 준다. 그저 스쳐 지나간다고 생각했던, 사랑하지 않았다고 생각했던 사람들이 사랑 언저리에 묶이는 이상한 경험들. 아마 이런 이유 때문에 자꾸만 과거에 살다 오는 것은 아닌지, 나는 생각한다. 그렇게 뒤돌아보는 내 습관이 나는 나쁘지 않다. 그래야 눈에 띄지 않을 정도라도 천천히 무언가를 쓸 수 있으니까.

어떤 시절을 떠올리면 예기치 않았던 장면들이 사랑을 주기도 하고, 오히려 사랑이라고 굳건하게 믿고 있던 장면들이 쓸쓸하게 느껴지기도 한다. 기억은 늘 이상한 배반을 경험하게 하고, 나는 그게 좋다가 싫다가 좋다가 한다.

사진, 여름

사진을 따로 저장해 두는 계정이 곧 만료 된다는
메시지가 휴대폰에 떴다. 사진을 저장해 놓은 곳에 로그인
하지 않은 지 2년이 넘은 것이었다. 어떤 날 이후로 사진을
통 찍지 않았다고는 생각했지만 2년이 지나 있을 줄을
몰랐다. 그간은 일하고 약 먹고 잘 자고 생활에 집중하고
싶었다. 그래서 해야 할 일과 챙겨야 할 일을 제외하면
거의 아무것도 하지 않았다. 누군가를 떠올리는 일도,
누군가의 마음을 어렴풋이 알아채는 일도, 억지로 그만
두었다. 옆에 앉아 있는 누군가의 말들이 들리는데도 나는
무시했다. 그 마음들을 내가 알아 버리면, 마음이 다시 또
쉽게 넘쳐 버릴 것 같았다. 예전의 나는 항상 그런 식이었다.
마음을 미리 알아차리려고 애썼고 애쓴 만큼 마음이 닳아

버려야 직성이 풀리는 사람이었다. 어디를 갔다 온 거니? 너는 왜 매일 무언가를 혼자 하지? 왜 남들에게 네가 어떤 사람인지 오해하도록 만들지? 왜 그런 표정을 짓는 거니. 왜 그런 얼굴로 나를 보니. 손 잡아 줘. 안아 줘. 나는 그 말들을 무시했다. 무시하지 못할 때는 억지로 무언가를 입에 넣는 시늉을 했고, 무시할 수 있을 때는 그 입에 있는 것들을 오랫동안 씹었다. 나는 그대로 누군가를 음식점에 두고 집으로 온 적도 있었고 아무리 허망한 기분이 들어도 씻고 곧바로 잠자리에 들었다. 누워 있다 보면 뺨에도 힘이 풀리고 그러다 보면 뻑뻑한 아침이 왔다. 그렇게 지내다 보니 무언가를 남겨서 떠올리는 게, 기억하는 게, 넘치는 기분들이라는 것이 느껴졌다. 행복하든 행복하지 않든, 기억을 믿고 남기고 싶었던 시절이 있었는데, 지금은 그렇게 넘쳐 흐르는 기분이나 기억 같은 게 나를 아주 바보로 만드는 듯한 기분이 든다. 나 혼자서, 한 자리에 아주 오랫동안 버려져 있을 것이라는 생각이 들게 한다. 누군가 나를 지나쳐 갈까 봐 제대로 앉지도 못하고 엉거주춤 서서 수평선 너머로 누군가를 계속 바라보는 일. 내가 그런 걸 하고 있는 기분.

계정을 지워 버릴까, 하다가 이메일에 접속해 계정으로 들어갔다. 메인 화면을 차지하고 있는 사진은 태국에서 벙거지 모자를 쓴 채, 손과 얼굴이 통통 부은 내가 술잔을 들고 인상을 찡그리고 있는 사진이었다. 얼굴을 빨갛게 달아올라 있었고, 뒤편으로 싸구려 코끼리 그림과 침구들이 눈에 보였다. 나는 그 방을 기억하고 있다. 보기에는 하얗고 빳빳하고 깨끗해 보이는 침구지만, 자꾸만 다리 사이로 모래가 지근지근 느껴지던 방이었다. 어딘가로 이동하기 전, 싼 값에 반나절을 머무를 수 있는 그런 숙소. 핑크색 벚꽃이 주된 인테리어였고 욕조가 있었지만 한 번도 사용한 적은 없었다. 싸구려 위스키를 편의점에서 구매해 소다수와 얼음에 희석해서 마셨고 반 병도 채 마시지 않고 나는 취해 버렸다. 그리고 무방비 상태로 웃는 것인지 찡그리는 것인지 모를 표정을 짓고 있네. 더 웃어 봐, 더. 더 찡그려 봐, 더. 더 퍼부어 마시고 퉁퉁 부어 올라 봐. 바닥에 눌러붙어서 계속 부푸는 풍선처럼.

나는 사진첩의 사진을 하나 하나 다시 둘러보았다. 바람에 머리가 휘날리는데도 입술을 쭉 내밀거나 이가 훤히 드러난 채, 웃는 사람. 짧은 바지를 입고도 맨 바닥에 아무렇게나 앉는 사람. 누가 버린 인형을 기념품처럼 찍는 사람. 웃는 것인지 찡그린 것인지 모를 표정을 자꾸 짓는 사람. 양다리는 가지런히 모으고 촌스러운 포즈를 짓는 사람. 빨간 얼굴, 싸구려 술. 여름. 여름에 만났다가 여름에 갇힌 사람들.

나는 사진첩을 닫았다. 입안에 알알한 기운이 퍼졌다.

나는 창밖을 쳐다보았다. 밖이 너무 까매서 계절이 없는 것만
같았다.

밑장이 까여서

대전에서 하는 친척 오빠 결혼식에 갔다. 기차를 타고 가면 편했을 텐데, 표가 매진이었다. 평일에 이렇게 많은 사람들이 대전에 가는구나, 신기했다. 버스 타고 가는 길에 이런 저런 생각을 했다. 결혼식에 가면 어떨까, 피곤하겠지, 돌아올 때는 기차를 예매했으니까 금방 올 수 있겠다, 오면 바로 자 버려야지, 일도 제쳐 두고 불편한 구두도 치마도 벗고, 찬물로 박박 세수하고. 가족들 얼굴은 되도록 안 봐야지, 했다.

축하한다고는 말했지만, 살면서 몇 번 안 본 가족의 결혼식을 진심으로 축하하지는 못했다. 누구세요? 잘 모르지만 축하드립니다. 그게 맞는 인사 아닌가. 결국은 누군가의 축하보다 결혼식을 핑계로 가족들이 모일 수 있는 것인데, 나는 그게 너무 싫었다. 자꾸 괜찮은 척하게 되는 것이 싫었다. 버스 타기 전에 약 먹고, 버스 타고 나서 약 먹는 나를 보여 주면 안 되니까. 그 때문인지 나는 집에 오래 머물지 못한다. 엄마는 내가 집에 가면 내 가방 속의 약들을 확인하고 조심스럽게 물어본다. 아직도 좋지 않은 것이냐고. 좋아질 리 없잖아요, 좋은 게 없는데요. 말하고 싶지만 나는 그저 괜찮아지고 있다고 했어요, 라고 말한다. 도대체 무엇이 괜찮아지고 있는 것인지, 정말 괜찮아지고 있는 것이 어떤 것인지 몰라서 나는 가끔 화가 난다. 그래서 가족과 있을 때는 거의 대부분 잠을 자거나 금방 내 집으로 돌아온다. 일이 있어서 가 봐야 돼요. 급하게 약속이 생겼어요. 내가 얼른 이곳을 떠나려는 이유를 정확히 묻지 않지만 나는 우리가 어느 정도는 알고 있다고 생각한다.

결혼식장 안, 원형 탁자에 둘러 앉아서 엄마, 아빠, 언니, 가족들 얼굴이 보였다. 계속해서 웃고 있는데, 무엇 때문에 그렇게 웃는 것인지 알 수 없었다. 우리는 정말 오랜만에 다시 본 것인데. 가족들의 얼굴을 보니까 무언가 발가벗겨진 기분이 들었다. 그들의 어설픈 옷차림, 어색한 환한 미소, 주름 사이에 억눌려 있는 무언가가 내 눈에는 다 보였다. 누군가가 우리들을 본다면 우리를 어떻게 바라볼까, 하는 생각이 들었다. 내가 생각하는 우리는 형편없고 가난하고

무식하고, 한번 불이 붙으면 이내 판을 뒤집어 버리는 식의
땡깡을 피우는 류의 사람들인데. 누군가들이 지금 이 원형
탁자 위에 어설픈 웃음을 짓는 이들을 본다면, 그것을 알아챌
수 있을까. 알아채지 않았으면 좋겠다. 아무도 그 사실을
모르면 좋겠다. 이 쓸모없는 원형 탁자에서, 자주 먹지 않은
음식을 앞에 두고, 드레스와 턱시도를 입은 젊은 남녀를
바라보며 우리는 웃는다. 아니, 나만 빼고 모두가 웃는다.

쓸데없이 주례가 길고, 쓸데없이 행진이 길고, 쓸데없이
사진을 많이 찍는 결혼식. 더럽게 재미없고 감동도 없는
결혼식. 신부의 드레스가 촌스럽고 신랑이 신부보다 나이가
너무 많은 결혼식. 신랑 신부의 사진이 결혼식장 화면에
가득했고 나는 서울로 가는 기차 시간을 자꾸만 확인했다.
가족들을 떠올리면 첫 판부터 나의 밑장을 다 까 버리는
느낌이다. 나와 우리 가족은 이런 사람들입니다. 그래도
저와 제 가족을 사랑할 수 있나요? 아무라도 붙잡고 가끔
물어보고 싶다. 그런데 당신과 당신들 가족도 그럴 수 있지
않을까요. 촌스러운 원형 식탁에 앉는다면, 누구든?

옛날 사람

    어젯밤에는 꿈에 친구가 나왔다. 친구가 꿈에 나온 것은
꽤 오랜만인 것 같았다. 우리는 꿈에서도 만나지 않은 지
조금 되었으니까. 요즘은 친구를 떠올리면 아주 최근의
기억만 남아 있는 정도였다. 말하자면, 우리는 헤어졌고
헤어진 지 꽤나 시간이 지나서 서로에게 옛날 사람이 되어
버린 지 오래였다.

    꿈에서 친구는 지난여름, 우리가 바닷가에서 돌아오는 날
이었던, 베이지색 셔츠를 입고 담배를 피우고 있었다. 도로가
꽉 막혀 있었고 에어컨에서는 바람 한 줄기 나오지 않았다.
친구는 오래된 흰색 차에 앉아서 언제나 그랬듯이 차가
막힌다며 인상을 찌푸렸다. 차가 너무 막혀. 뚫릴 생각을
안 하네. 그냥 차에서 내려 버릴까. 차 버리고 걸어가는 세

빠르겠다. 친구가 차에 앉아서 그날처럼 말했고, 나는 아무
말 없이 친구가 담배를 피우는 모습을 물끄러미 바라보았다.
꿈이었지만 가슴이 두근거렸다. 나 혼자 과거 여행을 온
사람처럼, 친구에게 대뜸 미안하다고 말하거나 얼굴을
쓰다듬어 주고 싶었지만 그러지는 않았다. 그저 친구의
얼굴을 꿈에서라도 오래 기억하고 싶었다.

　나는 차에 앉아 옛날 어느 때처럼 친구의 얼굴을 요목조목
바라보았다. 여전히 그대로였다. 선한 눈매, 웃을 때 실없는
것까지, 모두. 친구가 나에게 아무렇지 않게 말을 거는 것이
낯설었지만 괜찮은 척했고, 조금 노력했을 뿐인데 정말
옛날로 돌아간 기분이었다. 우리는 그때 그랬던 것처럼,
차에서 옛날과 다를 바 없이 손도 잡고, 쓸데없는 얘기도
하고, 특히나 아무에게도 못 했던 서로의 유년 시절 얘기를
습관처럼 하나씩 꺼내고 있었다. 나 초등학교 2학년 때까지
바지에 오줌 쌌는데. 나는 스무 살 넘어서도 그런 적 있어.
우리는 그때처럼 인상을 찌푸리면서도 깔깔깔 웃었다.

　그렇게 막힌 고속 도로 위에서 옛날로 돌아간 것처럼
친구와 아무렇지 않게 얘기를 하는데 속이 메슥거렸다.
다른 이유는 없었고 그냥 조금 행복해서. 이런 기분을 느껴
본 것이 꽤나 오랜만인 것 같아서. 나는 친구를 보면서
생각했다. 꿈에서 살 수 있다면 얼마나 좋을까. 그러면

매번 행복한 꿈속에서 행복하기만 할 텐데. 그러니까, 신은
도대체 뭘 하느냐는 말이야. 매번 예배당에 불러 놓기만
하고, 아무런 말도 들어주지 않잖아. 신은 진짜 개새끼다.
개새끼야. 나는 자고 싶어요. 꿈꾸고 싶어요. 행복하고
싶어요. 매일 그 속에 살고 싶어요.

　그러니까, 꿈을 꾸고 있지 않는 지금의 나는 하나도
행복하지가 않다. 내가 사랑했던 사람들은 모두 다 과거에
사니까. 요즘은 매일 옛날 생각을 지나치게 한 나머지 내가
꼭 죽어서 예전에 사라져 버린 사람 같기도 하다. 나는
지금 벌을 받는 중인가, 스스로 견딜 수 없을 때마다 그런
질문을 하기도 한다. 정말 그런가, 아닌가. 잘 모르겠다.
나는 왜 이렇게 고무처럼 무르기만 한 걸까. 내가 도대체 뭘
어쨌기에.

　막힌 고속 도로에서 땀을 뻘뻘 흘리며 우리는 여전히
똑같았다. 일부러 잠에서 깨지 않으려고 눈을 꽉 감았는데도
아침이 되어서 꿈에서 깼다. 꿈속 땡볕의 고속 도로 위에서
우리는 아직 행복할 텐데, 꿈에서 깨 버려서 이제 내가
알 수가 없네. 나는 거실로 나가 창문을 열었다. 창밖의
차들이 클랙슨을 울리는 소리가 들렸고, 그런 소리를
들으니까 아직도 꿈에 있는 기분이 들었다. 나는 꿈속

친구를 떠올리면서, 고속 도로를 지나면서 친구가 누른 클랙슨 소리를 떠올렸다. '빠앙—' 하는 소리가 나긴 했지만, 망가져서 바람 빠지는 소리가 절반이었다. 친구의 웃음과 닮은 그런 실없는 바람 소리.

한 번도 그런 생각을 해 본 적 없지만, 갑자기 나중에 현금이 생기면 차를 사서 몰고 싶다는 생각이 들었다. 그러니까, 친구가 몰고 다니던 차와 비슷한, 아무도 타지 않는 흰색 구형 그랜저. 에어컨도 안 나오고, 클랙슨도 엉망이고, 방지 턱만 넘어도 멀미가 날 것 같은 그런 흰색 구형 그랜저. 블루투스도 안 되고, 전면 유리도 깨져 있고, 친구랑 나랑 바닷가에서 찍은 사진이 앞 좌석에 어설프게 붙어 있는 그런 흰색 구형 그랜저. 그런데 내가 그런 물건을 현금으로 주고 살 수 있을까. 내가 돈 주고 무언가를 바꿔 놓을 수 있을까. 나는 돈도 존나 없고, 행복한 기억도 별로 없는데. 고무처럼 물러 터져서 걸핏하면 눈물을 질질 쏟는데. 그런 내가 그런 차를 타고 한 번 더 그런 도로를 달릴 수 있을까. 그때만큼 행복할 수 있을까.

나는 한참을 창밖 도로를 보면서 생각했다. 그리고 그런 생각을 계속하다 보니 정말 꿈속 같았다. 시간이 오래 지나, 정말로 옛날 사람이 되어 버린 사람이 나오는 오래된 꿈. 그러나 그 꿈을 생각하면 할수록 정작 오래된 사람은, 옛날 사람은 친구가 아니라 나라는 생각이 들었다. 어쩌면 나라는 사람은 내가 아주 옛날에 버린 몸이 아닐는지. 그런 생각을 하면서 몸을 웅크리고 창 밖을 멍하니 보기만 했다. 해가 뜨다가 말다가 하는 모습이 창밖에서 잘 보였다.

꿈에서만 보는 사람들

아침에 일어나 가장 먼저 하는 일은 화장실로 달려가는
일이다. 어느 영화 속에 나오는 주인공처럼, 실크 소재의
슬립 차림으로, 별안간 어떤 마음을 먹어서 화장실로
달려가는 것은 아니다. 대부분 악몽을 꾸고 깨어나니까, 빨리
정신을 차리기 위해 화장실로 가는 것이 나의 가장 오래된
습관이면서 가장 익숙한 일이 되어 버린 것 같다. 제일 먼저
찬물로 손을 먼저 적시고 세수를 말끔히 하면 놀란 마음이
어느 정도 진정이 된다. 가끔 공포 영화를 보면 최악의
악몽을 꾼 등장인물이 나처럼 화장실로 달려가 손에 물을
적시고 정신을 차리기 위해 찬물로 세수를 하곤 한다. 영화
속 그들도 나와 같은 마음이려나. 그러나 그들은 겁에 질린
채로도 아름답겠지만, 나는 그저 건조한 얼굴을 한 채로

거울 앞에 서 있다. 얼굴을 물에 적실 때마다 여전히 등 뒤에
아무도 없다는 허전함을 느끼며.

　내 악몽은 너무 현실적이어서 매번 어떤 싸움으로만
남는다. 아무런 대답도 해 줄 마음이 없어 보이는 이에게
혼자서 계속 질문하는 악몽. 왜 그랬는지, 대답해요. 한번만
솔직하게 말해 줘요. 한 번만 말해 줘요. 제발. 그러나 그들은
여전히 귀찮은 듯이 나를 바라본다. 꿈속에서 그들은 나에게
한마디도 하지 않는다. 그들이 꿈에서나마 나에게 조금 더
다정하다면, 그들을 완전히 잊어버릴 수 있을 것 같은데,
그들은 꿈속에서조차 내가 원하는 대답을 해 주지 않는다.
가끔 어떤 이들은 아주 무서운 얼굴을 하고 사라지기도 한다.
내가 여전히 밉고 싫은가요, 물으면 그들은 항상 나의 어깨와
얼굴 사이 쯤을 쳐다볼 뿐이다.
　모든 게 내 잘못이라고 생각했던 때가 있었다. 지금
아무리 그들로부터 먼 곳에 있고, 더 먼 곳으로 갈 수도
있다고 한들, 그들을 머릿속에서 완전히 지우기란 어려운
일이 된 것 같았다. 나는 누군가들을 매일 머리에 이고
다니는 것만 같았다. 언젠가 머리 위에 이고 있는 이들의
무게가 불어나면 내 목뼈가 톡 하니 부러질 것 같은.
　가끔은 그들이 힌끼빈에 꿈에 나올 때도 있다. 그들은

모두 한통속이 되어서 엄청나게 큰 호텔을 잡아 놓고 나를 기다리기도 한다. 그 호텔은 항상 똑같은 벽지에, 똑같은 위치에 있고, 호텔 내부에 들어서자마자 나는 방향제의 냄새까지도 비슷하다. 시간은 언제나 저녁이고 그 호텔은 산으로 둘러쌓여 있다. 다들 베란다 밖으로 나와 저녁 노을들을 바라보고 있고 그러다가 내가 들어온 순간부터 고개를 돌려 나를 무섭게 그러나 조금 처연하게 바라본다. 나는 그 눈빛을 잊을 수가 없다. 꿈에서 깨자마자 그들의 눈빛이 가장 먼저 생각이 난다. 그들의 눈빛을 생각하다 보면 그들의 얼굴이 떠오르고 그들의 얼굴을 떠올리다 보면 그들의 손이 생각나고 그들의 손이 생각나다 보면 그들과 함께했던 일상이 생각난다. 그리고 그 일상을 한번 꺼내기 시작하면 그 일상이 마치 현재처럼 느껴지곤 한다.

가끔 무슨 생각을 하면서 살아가는지 모르겠어.
나는 어제 L에게 이런 이야기를 했다. 어젯밤의 악몽을 한바탕 다시 생각한 후였다. L과 합정 어느 카페에서 차가운 음료의 얼음이 몽땅 녹을 때까지 앉아 있었다. L은 어느 때건 내 이야기를 진지하게 들어주었고, 그건 어제도 마찬가지였다. L은 이미 그런 일에 대해서 잘 아는 듯이 고개를 끄덕여 주었다. 그리고 현재를 살기 위해서 노력해야 한다고 말했다. 우리는 가만히 앉아서 그렇게 하기 위해서는 뭘 해야 하는지 이야기했다. 이렇게 하면 될까. 저렇게 하면 될까. 나는 그런 얘기를 하면서 다정하게 웃는 L이 좋았다. L은 나에게 자신이 쓴 시 하나를 보여 주었다. L의 시에는 그런 다짐들이 많아 보였다. L은 다짐에 대해서 메모를 해 놓는구나. 나는 L의 다짐과 나의 다짐을 떠올렸다. 그런데 그것들을 떠올리면 떠올릴수록 모두 여기에 없는 것들이어서 L이 미지근한 물을 마시면서 웃을 때, 나는 마치 우리가 여기 없는 것 같은 기분이 들었다.

아무것도 할 수 없다, 그렇지만

새벽 5시, 배가 고파서 잠에서 깼다. 전날 점심만 먹고 저녁도 먹지 못하고 잠에 들었던 것이 생각났다. 통 배가 고프지 않았는데 오랜만에 느끼는 허기였다. 무언가 먹을까, 생각했지만 물 한 잔만 마시고 거실 중앙에 아무렇게나 앉았다. 휴대폰 메시지와 부재중 메시지를 확인하고 답장하지 않았다. 내가 기다리는 전화는 울리지 않았다. 밖에서 굵은 눈이 펑펑 내렸다. 너무 굵어서 눈이 내릴 때마다 눈 내리는 소리가 들렸다. 누군가들의 얼굴이 떠오르고 그들이 어쩐지 잘 있다는 기분이 들었다. 내가 좋아했던 사람들이 잘 살고 있다고 생각하면 기분이 좋아졌다. 그들이 편한 얼굴로 곤히 코를 골면서 자는 모습을 더는 볼 수 없다고 생각하면 조금은 슬퍼지고.

새벽이지만 맥주가 있길래 한 캔을 따려다가 그만두었다. 아침에는 일도 가야 하고 지금 맥주를 먹으면 왠지 감당할 수 없을 것만 같았다. 요즘은 밥에 대해 관심이 조금 줄었다. 몇 주 전에는 그릇에 코를 박고 먹는 일에 열중하기도 했었는데. 요즘은 하루에 한 끼를 먹거나 어떨 때는 일터 점심시간에 혼자 남아 커피를 홀짝이는 것으로 점심을 대신했다. 먹어도 그만 안 먹어도 그만인 기분이 들었다. 요즘에는 담배를 피우거나 맥주 한 캔을 마시는 일을 밥 먹는 일보다 자주 했다. 요즘 무엇이든, 아무리 좋은 냄새가 나고 따듯한 음식을 먹어도 종이를 씹고 있는 기분이 들었다.

　　휴대폰을 들고 시간을 여러 번 확인했다. 시간이 1분 2분 3분씩 지나가는 것을 체감하면 내가 혼자 남아 있다는 것이 더욱 잘 느껴졌다. 문득 내가 내 무게를 지탱하기에 내 껍질이 너무 연하다는 생각이 들었다. 너무 연해서 몸이 조금만 더 무거워진다면, 껍질이 뜯어져서 장기가 울컥 쏟아져 나올 것 같다고도 생각했다. 나는 몸을 유리 찻잔처럼 동그랗게 말았다.

　　책상 위에는 이미 지저분한 필기구와 종이들, 책들이 엉켜 있고 의자에 앉은 일이 꽤 오래전처럼 느껴졌다. 책상 정중앙에는 더 이상 끼지 않는 반지와 더 이상 쓰지 않는 연필들과 시계가 나뒹굴었다. 나는 일부러 책상에

앉아서 무엇이라도 하겠다는 듯이 펜으로 종이에 낙서를
했다. 낙서하면서 누군가를 떠올렸고, 누군가의 말을
떠올렸고, 그러다가 누군가의 일상을 천천히 상상했다.
누군가는 머릿속에서도 잘 웃었다. 연초를 맞이해서 사주를
보러 갈 것이라고 했던 말도 떠올랐다. 나는 잠깐 누군가의
올해의 운은 어떨까, 하면서 그의 운을 미리 짐작해 보기도
했다. 나도 사주를 봐 볼까. 올해 더럽게 안 풀린다고 하면,
부적이라도 써 볼까.

거실이 추워서 몸이 부르르 떨렸다. 해가 뜰 때까지 그냥
앉아서 책상 위와 창밖을 번갈아 보았다. 해가 다 떴을 때,
창문에 비친 내 얼굴이 토마토처럼 빨갰다.

내가 집에 두고 온 것

며칠 전에 산부인과에 갔다. 엄마가 미뤄 왔던 수술을 드디어 한 것이다. 나이가 드니 자연스러운 일이라며, 흡사 마트에 다녀오겠다는 느낌으로 엄마가 말했고 나도 그 말에 알겠다며 웃으며 엄마와 인사했다. 그 당시 나도 심각한 분위기는 아니었지만, 엄마의 가벼운 기분을 그대로 받아주기 어려웠던 것도 사실이었다. 나는 엄마의 말이라면 그 당시 어떤 말을 듣던지, 그저 그 말에 억지로 허허실실 웃기만 했다. 그리고 내가 억지로 웃는 노력을 할 때마다 나는 세상에서 제일 못난 얼굴이 되어 있었다. 어쩜 그런 얼굴을 할 수가 있나, 어쩜 그런 표정을 지을 수 있나, 스스로 깜짝 놀랄만큼.

엄마가 누운 베드가 수술실로 들어가고 나는 복도에

앉아 있었다. 조용한 병원 복도에서 한여름인데도 체온을 유지하는 산부들이 오갔고, 나는 그 모습을 간간히 눈으로 따라가면서 운동화를 벗고 의자에 멍하게 앉아 있었다. 슬프거나 기쁘거나 하는 감정보다도 좀 더 오묘한 기분이 들었다. 뭐랄까, 이해할 수 없지만 어쩔 수 없이 받아들일 수밖에 없는 일들을 받들여야 하는 기분이라고 해야 하나. 그런 게 앞으로 내 뒤를 더 바짝 따라붙을 것 같다고 해야 하나. 아마 그 뒤부터였던 것 같다. 어딘가에서 자궁, 단어만 봐도 소스라치게 놀라게 된 때가.

최근 시를 읽다가 자궁, 이라는 단어에 놀라서 황급히 책을 덮었다. 무서운 것을 본 것처럼 멀리 떨어트리기 위해 책을 거실 구석 책장에 꽂아 놓았다. 책을 덮고도 한동안 팔뚝에 소름이 돋아 있었다. 갑자기 그 단어가 나에게 너무나 육체적인 단어로 느껴졌기 때문이다. 그 이후로 나는 그 단어를 볼 때마다 몹시 당황스러웠다. 그리고는 그때 이후로 어디에서든 그 글자를 만날 때마다 그 당시 수술실에서 무슨 일이 벌어지고 있었는지, 나도 모르게 그때를 가늠하게 되는 끔찍한 구석이 생겼다. 엄마의 수술은 큰 수술도 아니었고 오히려 빨리 해치운 게 잘한 일이라, 잘 끝났다며 칭찬해 줄 법도 한 일인데. 나는 이상하게 자꾸만 머릿속에서 혼자 괴로워지는 중이었다. 잘 알지도 못하면서, 나는 스스로에 대해 말도 안 되는 도덕성이나 책임감 같은 걸 따져 보기도 했다.

병원에서 엄마와 돌아온 직후, 우리 둘은 언제 그랬냐는 듯 빠르게 일상으로 돌아갔다. 사실 그렇게 하기 위해 둘이 무던히 애를 쓰는 모습들을 서로가 알고 있었다. 눈에 보이는 것은 늘 똑같은 날들인데도 이상하게 그 이후 묘한 죄책감이 자꾸만 따라다녔다. 마치 벽돌 무더기를 등에 지고 있는 느낌. 엄마가 회복될 때까지 엄마는 엄마의 침대에 누워 있었고, 나는 간간히 엄마를 지켜보다가 혼자 자전거를 타러 슥 나갔다. 자전거 페달을 구르면서 말버릇처럼 괜찮아질 수 있을까. 무엇이 괜찮아질지는 모르지만 괜찮아질 수 있을까, 곱씹었다. 수술실 직후부터 아랫배에 손을 올리고 있는 엄마가 무섭게 느껴졌던 순간들. 그 순간들을 애써 웃으며 무마했던 순간들. 집 가면 뭐 먹을까? 엄마 뭐 좋아해. 먹고 싶은 것 말해 봐, 말했던 순간들. 엄마의 기력이 좀 좋아지는 것이 느껴지면 다시 일산으로 돌아가기만 기다렸던 순간들.

엄마의 집에 머물면서 나는 일부러 밖으로 나갔다. 동네에는 빈집들이 많이 늘어서 있었다. 빈집들은 저마다 대문에 걸쇠를 걸어 잠그고는 아무에게도 문을 열어 주지 않았다. 그 집은 문을 이용하지 않는, 길고양이들이나 무리를 지어 다니는 떠돌이 개들만이 드나늘 수 있었다. 나는 뚝방에서 자전거를 멈추고 빈집들을 세어 보다가 집으로 돌아왔다. 그 집의 주인들은 다 어디로 간 것일까. 아마 혼자 사는 노인들이 많으니, 자연스럽게 빈집이 된 것이겠지. 주인이 버릴 의도는 아니었으니, 버려진 집이라기보다 빈집이라는 말이 훨씬 어울리는 것이겠지. 그렇게 생각하다 집으로 돌아가면 이유 없이 마음이 헤집어진 것 같은 기분이 들었다. 이 이상한 기분은 대체 뭐지. 그러면서 집 앞에 서서, 엄마가 누워 있는 집 안에 있는 물건들을 헤아려 보고, 그러다가 이 집도 언젠가 빈집이 되지 않을까 하는 생각을 했다. 우리 집은 언제쯤 빈집이 되어 있을까. 거실에 가득 담아 놓은 담금주들도 다 썩어 없어지겠지. 담금주보다도 모든 게 천천히 삭아서 고약한 냄새를 풍기려나. 쥐들의 둥지가, 아니면 고양이나 개들의 소굴이 되어 있으려나.

　살면서 마주치는, 누군가에게는 별것 아닌 자연스러운 일들이 나에게는 힘든 구석이 있었다. 유난을 떤다면 유난을 떠는 것이겠지만, 도통 사라지지 않는 그 유난함. 마음이 매일 버석버석한 소리를 내다가도 쥐어짜지는 기분. 그런 순간들을 마주할 때마다 내가 할 수 있는 건, 그저 그것들이 나를 얼마나 짓누르는지 바라보는 일이었다. 마음에 독한 구석이 있어서 그것들을 바라보는 것이 아니라, 겁이 많아서, 괜찮아지기를 바라서 나는 그저 바라보았다. 그것들이

나를 쓰게 했다고 단언하기는 힘들지만 일정 부분 그렇게
작용했던 것도 있다고는 생각한다. 나는 아직도 내가 왜
쓰는지 알 것 같은 때보다 모를 것 같은 때가 더 많다. 나는
내가 똑똑하다기보다 멍청한 쪽에 가깝다는 것을 잘 안다.
내가 쓰는 이유 중 팔 할은 겁이 많고 바보 같아서였다. 도통
정의 할 수 없는 것들을 그대로 적어 보기.

　　시간이 지날수록 아픈 사람들을 많이 만난다. 몸이든
마음이든. 그 사람들이 말하는 것이 내 소설보다 훨씬 좋고
아프다. 소설이라는 것이 실질적인 삶 앞에서 얼마나 먼지
같은 것인지. 소설은 경험을 넘어설 수 없다. 그렇기에
한편으로 그들을 동경한 적도 있었지만, 그러나 한편으로
이것도 나의 방식이었기를, 생각하기로 했다. 이러한
방식으로, 이러한 마음으로, 나에게만은 대강 성실할 수 있는
사람으로 남아 있기를 바라면서. 나는 더듬더듬 집으로 가서
아무렇지 않은 척 엄마 앞에 다시 앉는다.

그런 생각

6시쯤 종로에 갔다. 내 생일이라고 친구가 고기를 사
준다고 했다. 친구의 직장은 이직을 해도 항상 종로여서
우리는 매일 종로에서 만났다. 덕수궁에서 창덕궁으로
창덕궁에서 익선동으로. 종로는 지겹지만 무언가 안정적인
느낌이 있고, 낡은 건물들의 냄새가 좋다. 소독약 냄새,
무너지는 시멘트 냄새나 흙냄새, 낡고 오래되었고 사람의
손때가 탄 냄새들.

　일이 끝나자마자 만원 지하철을 타고 종로에 가니,
사람들이 전부다 훨훨 날아다니는 것 같았다. 다들 어디론가
열심히 홀홀 걷고 있었고 나는 그들 뒤에서 소리 없이
걸었다. 운동화가 답답해서 구겨 신으려고 했는데, 일부러
구겨 신지 않고 걸었다. 모르는 남자와 여자가 꽃을 들고

내 앞을 지나갔다. 그들이 나에게 갑자기 꽃을 주는 상상을 했는데, 그걸 받는다면 나는 어찌할 바를 모를 것 같아서 그런 상상은 상상임에도 별로 좋지 않은 것 같았다. 내가 이런 생각을 한다는 것을 그들이 알면 아마도 불쾌할 것이다. 내 생각을 들킨다면(들킬 리는 없겠지만) 그들은 나에게 경계의 눈초리를 보내면서 꽃을 사수하려 들 것이다. 나는 그들의 꽃을 가져갈 생각이 전혀 없지만 말이다. 나는 가끔 어떤 누군가의 동의도 얻지 않고(물론 얻지 못하는 것이 맞지만) 그런 생각을 한다. 나는 그런 생각에 능숙하고 그런 생각은 나를 덜 쓸쓸하게 하고, 오늘은 나의 생일이고, 나는 신발도 구겨 신지 않았다. 내 단정함이 누군가에게 좋은 일은 아니지만, 그래도.

친구보다 일찍 도착한 바람에 고깃집 앞에서 커피를 들고 10분 정도 기다렸다. 바람이 많이 불었고, 누군가를 기다리는 일이 나에게 가장 쉬웠는데 그것도 점점 하지 않다 보니까 어려운 일이 되는 것 같았다. 시간이 지날수록 몸에 체화되었던 것들이 증발해 가고 다른 사람이 되는 것 같다. 이미 일어났던 슬픔이 나에게 정제된 어떤 생각으로 남는 것이 아니라, 생각할 때마다 새로운 슬픔으로 남는다면 사람은 살아갈수록 계속 아플 것 같아서 짜증이 났다. 매일 새롭게 아프고 새롭게 슬프다면 사는 것 자체가 너무 가학적

실험이 아닌지. 그래도 종로에 지나가며 웃는 사람들을 보면 그나마 다행이라고 생각했다.

그런 생각을 하는 와중에 친구가 고깃집 앞으로 왔고 굳이 고기를 먹어야 하냐고 다시 물었는데, 무조건 먹어야 한다고 해서 들어갔다. 고깃집의 고기는 맛이 없었지만, 가게를 가득 메운 아저씨들 틈에서 우리는 먹고 잘 마셨다. 어떤 아저씨들은 햇빛이 드는 자리에서 눈도 제대로 뜨지 못하면서 그 자리를 고집했고 나는 이해할 수가 없었다. 그들의 미지근한 술잔이 이해 가지 않았지만 그것과 상관없이 나는 금방 취했고 배가 불렀지만 멈출 수가 없었다.

맞은편에서는 친구가 웃으면서 소맥을 마시고, 나는 조금씩 취기가 오를 때마다 다시금 이상한 생각을 시작했다. 두 팔로는 다 안을 수 없을 정도로 큰 꽃다발을 품에 안는 생각. 꽃다발이라기보다는 꽃밭에 가까운 그런 풍경들을 끌어안는 생각.

나는 눈을 감고 생각을 곱씹었다. 그리고 꽃다발과 꽃밭과 미지근한 술을 생각하니, 100살까지 살아 보고 싶은 이상한 마음이 아주 잠깐 들었다.

어떤 기대

일요일 오후 베개들을 벽에 쌓아 두고 그 위에 기대
있었다. 벽에 쌓아 둔 베개 더미에 기대서 오랜만에 창문
밖으로 구름이 지나가는 모습을 보았다. 작년에도 이런
풍경들을 꽤 들여다보았던 것 같은 기분이 들었다. 작년에는
하릴없이 자주 밖을 내다보았다. 내다보다가 어떤 생각에
잠겼고, 어떤 말들이 들렸고, 그 말들을 곱씹다가 저녁이
조금 빨리 찾아오기도 했다. 저녁을 견디지 못하는 날에는
술을 마셨고, 견딜 수 있는 날에는 나가서 좀 걸었다. 혼자
땡볕 더위에 작은 절간으로 가는 길을 산책하기도 했고,
신문지로 곱게 쌓인 나무들이 있는 과수원을 두 번이나 빙빙
돈 적도 있었다. 몇 해 전의 여름보다, 작년이 훨씬 전생처럼
느껴졌다.

크게 아프고 나면, 그 아픈 기분이 지나고 나면 어설픈
인간으로 새로 태어나는 것 같다. 어설프게 어떤 부분만
도려내진 인간처럼. 누군가의 앞에 설 때마다, 망가진 장기의
절반을 배 속으로 황급히 감추는 사람이 된 것 같다. 예전에,
아주 예전에 거짓말에 능숙하던 때에는 배 속의 장기를 다
꺼내고 다녀도 사람들 앞에서 깔깔거릴 수 있었는데. 하지만
이제 나는 능숙한 거짓말쟁이가 되지 못한다. 나는 가끔
나에 대해서 다 말해 버리고 싶은, 밑바닥까지 나를 들춰서,
아예 심장을 꺼내 보여 주고 싶은 생각이 들기도 한다.
거짓말이라는 게 어느 순간부터 나에게 거짓말이 아니게
되어 버리는 순간들이 나에게는 한번씩 찾아온다.

    이제는 누군가의 얼굴보다 그 누군가의 앞에서
안절부절못했던 내 얼굴을 떠올린다. 기다릴 수 있어. 참을
수 있어. 견딜 수 있어, 하며 이를 악물었던 때. 어떤 일
때문에 그랬었는지, 이젠 그 이유들이 너무 흐릿해서 바보
같은 내 얼굴만이 선명하다. 꿀밤을 먹여 주고 싶은 그 얼굴.
한 여름 운동장에서 혼자만 벌서고 있는 듯한 그 표정. 내
진짜 이유를 알고 있는 것은 아마 상담 선생뿐일 것이다.

    선생은 나에게 간단한 이야기를 하나 해 주었는데, 내가
남들보다 과거의 기억을 수시로 떠올리고 강박적으로
훑어 내려간다고 했다. 그리고 그때마다 그 기억들 속에서

본인의 잘못을 찾으려 애쓴다는 말도 덧붙였다. 나는 고개를 끄덕였다. 선생은 참 좋은 사람이구나.

나는 매번 어떤 시간들을 복습했다. 어떤 시간 속에서 최선을 다하지 못한 나를 혼내고 짓밟고 몰아세우고 모든 게 내 잘못이라면서 뒤집어씌웠다. 왜 그랬어. 모든 건 다 니 잘못이야. 솔직해지지 마. 밑바닥까지 드러내지 마. 그냥, 뒈져 버려.

앞으로 있을 좋은 일들에 대해 기대하는 쪽으로 생각해 봐요.

상담 말미에 선생은 그렇게 말했고 나는 그 말을 듣고는 로비로 나왔다. 선생은 내가 무엇을 참는지 어렴풋이 아는 사람 같다. 로비로 나와 보니, 매일 보는 무표정하지만 목소리는 친절한 간호사가 나를 여전히 무표정하게 쳐다보았던 것이 생각났다. 나는 매일 그런 표정의 간호사를 보면, 가슴이 답답하고 썰렁한 기분이 들곤 했다. 저 사람은 무엇을 참고 있을까, 하고.

요즘은 자주 실체 없는 위로를 떠올린다. 그때마다 심장이 조금씩 조이는 느낌이 든다. 심장이 조이는 느낌이 들면 나는 곧잘 잠에서 깨곤 했다. 거실에 누워서 슬슬 잠이 오려고 하면 창 아래로 누군가들의 말소리가 들려 왔다. 막상 밖으로 나가 밑을 내려다보면 아무도 없는, 내다보면 흐흐흐,

사라지는 실체들. 나는 소리가 들릴 때마다 창 아래를
내다보고 싶은 충동을 참는다. 그리곤 창 아래에서 들리는
목소리들이 나를 부르는 소리면 어떨까, 생각한다. 야, 나와
봐. 다 괜찮아.

　나가 볼까? 괜찮을까? 하지만 나는 심장을 줄로 꽁꽁 묶은
것처럼 몸을 꼿꼿이 펴고 가만히 누워 있는다.

유치하고 우스운 말

가끔 이유 없이 누군가들의 죽은 모습이 한참 머릿속을 돌아다닐 때가 있다. 삼촌이 내 방 침대 밑에서 죽어 있는 모습과 할머니가 병원으로 실려 가는 차 안에서 눈을 감은 모습, 그리고 동네 할머니들이 마당에 쓰러져 있는 모습과 그 해 새로 생긴 도로 위의 개와 고양이들……. 그 모습들을 눈으로 담은 건 아마 내가 12살 때쯤이었다. 제대로 된 감정을 알기보다는 기억력만 좋았던 때. 그래서인지 감정을 느끼고 알아 갈 때쯤 나는 그 모습들이 떠오를 때마다 어떤 반복을 해야만 했다. 그 반복은 이런 식이다. 그때 내가 어떤 감정이었는지에 대해 묻는 것이 아니고, 지금 그 장면을 떠올렸을 때 내가 어떤 감정인지에 대해서 묻는 식. 물음에 대한 대답은 '슬프다'가 아니었다. 나는 슬플 수 없었다. 알 수 없다는 감정에 슬픔이 조금 기울어 있기는 했지만, 슬프다는 말이 입 밖으로 나오지는 않았다. 그 장면들은 나에게 단지 기억 속 풍경으로 남겨져 있었고, 기분을 알 수는 없이 그 형체가 뚜렷할 뿐이었다. 나는 그들을 떠올릴수록 점점 이상한 느낌을 받았다. 특히 그들의 얼굴을 떠올리면 떠올릴수록, 죽었을 때의 모습보다 죽기 직전의 모습이 더 죽은 사람처럼 느껴진다는 것이었다. 그들이 죽기 전에, 살아 있을 때, 씹고 말하는 모습이 나에게는 그들이 죽어 누워 있는 모습보다 더 죽은 사람을 보는 것처럼 무서웠다. 그들의 죽은 모습은 오히려 아무 표정이 없는 빈 소라 껍데기처럼 보였다. 무섭고 슬프다는 감정보다는 그저 텅 비어 있는 상태. 그리고는 나도 언젠가 그런 표정을 짓겠지 같은 생각.

유치하고 우스운 말일지 모르지만 나는 빨리 늙고, 빨리 죽고 싶었다. 왜인지 자신이 없어지고 현재를 버틸 수 없다는 생각이 들 때마다 그랬다. 빨리 노인이 되어서 최후라고 하는 날을 기다리고 싶었다. 내 소설 속 인물들이 한 번쯤 빌었던 소원들은 나의 소원이기도 했다. 그저 빠르게 다가올 최후를 기다리기. 어쩌면 그들이 빌 수 있는 게, 부자가 되고 싶다거나 행복해지고 싶다는 것이 아닌 그런 것일 수밖에 없다는 생각이 들었다. 물론 이건 다 옛날이야기다. 이제 나는 너무 잘 살고 싶어서 너무 죽고 싶다는 생각을

하지 않는다. 그런 생각이 잘 들지 않는다. 지금 내가 할
수 있는 것은 그렇게 생각할 것 같은 순간이 올 때마다
마음속으로 혼자 노인이 된 나를 연기하는 일이다. 노인이
된 나를 상상하며 길을 걷고, 베란다의 낙엽도 걷어내고,
건조하게 잠들기. 나는 요즘 혼자 이런 상상을 하며 노인인
척 움직이는 이 일을 좋아한다. 그러다 보면 금방이라도 진짜
노인이 되어 언제 나의 최후가 와도 괜찮다는 생각이 들곤
한다.

　내가 상상하는 노인이 된 나의 모습은 어느 초등학생들이
보기에 그저 뚱뚱한 늙은이, 라고 불리기 좋은 모습이다.
배가 나오고 등이 굽어졌고 머리숱이 거의 없고, 팔다리가
얇고 물렁한. 나는 이 모습이 꽤 마음에 든다. 노인인
나는 쓸쓸하지만 짧은 기억력을 가지고 있다. 아니, 짧은
기억력이라기보다 건망증에 가깝겠지. 그래서 모든
일이든 금방 금방 잊어버려서, 어떤 감정에 대해 오래
생각하기보다 그저 현재에 있기만 하겠지. 이런 상상은 말도
안 되지만 나를 조금은 가볍게 한다. 숨통을 조금 트이게
한다. 어쩌면 나는 노인이라는 상태를 이상하게 동경하고
있는지도 모른다. 모니카 마론의 『슬픈 짐승』 속 '나'와 니콜
크라우스의 『사랑의 역사』 속 '레오 거스키' 그리고 나가이
가후의 『강 동쪽의 기담』 속 '오에 다다스' 같은 인물들. 그

외에도 기운 빠진 중년의 인물들까지도.

나는 소설 속에서 그려지는 그들의 몸과 말투와 생각 들이 좋았다. 특히나 한동안 헤어 나오지 못했던 인물 중 한 명은 나가이 가후의 『강 동쪽의 기담』에 나오는 오에 다다스였다. 오에 다다스는 소설가다. 늙었고, 차기작을 준비하는 소설가. 소설 중간중간 본인의 소설에 대한 과정을 적어 내려가고 있고, 자신의 생활에서 오는 쓸쓸한 면들을 담아내는 동시에, 오유키라는 여자를 떠올린다. 『강 동쪽의 기담』은 지금 시대에 읽는다면 당연히 불편한 부분들이 있지만, 이 소설은 1910년도의 소설이고, 나는 이야기라는 틀 안에서는 그 이야기를 어디까지나 이야기로서 읽는 경향이 있기에 이 소설이 좋았다.

나는 오에 다다스가 혼자 생각하며, 중얼거리며, 무언가를 적는 모습이 좋았다. 가을 산책이 잘 어울리는 오에 다다스. 길거리를 걸으며 오유키를 떠올리는 오에 다다스. 오에 다다스가 좋은 점은 그가 체념에 매우 가까운 인간이기 때문이라는 점도 있다. 오에 다다스는 무언가를 체념하고 받아들이는 데 능통한 사람이니까. 오에 다다스는 이미 늙었기 때문에 나처럼 빨리 늙고, 빨리 죽고 싶다는 유치하고 우스운 말을 하지는 않는다. 오에 다다스는 그저 오에 다다스로 있는다. 오에 다다스는 소설의 마지막에 이런 말을 한다.

　"걸핏하면 흐렸던 11월의 날씨도 이삼일 전 쏟아진 비와
바람에 완전히 안정되었고 드디어 '일 년 중 경치가 가장
좋은 이때를 기억하라'고 소동파가 말한 음력 10월의 좋은
시절이 된 것이다. 지금까지 때때로 한두 줄기 실낱처럼
가늘게 들려오던 벌레 소리도 완전히 끊겨버렸다. 귓가에
들리는 소리는 모두 어제 들었던 소리와는 달라 올 가을은
흔적도 없이 지나가버렸다고 생각하니, 늦더위에 잠 못 들던
밤의 꿈도 시원한 달밤에 바라본 풍경도 어쩐지 먼 옛날 일인
것 같고…… 매년 보는 광경과 다르지 않다. 매년 변하지
않는 경치에 대해 마음으로 느껴지는 감회도 또한 변함은
없다. 꽃이 지듯 잎이 떨어지듯 나와 가까웠던 그 사람들은
한 사람 한 사람 연달아 떠나버렸다. 나 또한 그 사람들과
마찬가지로 그 뒤를 좇아야 할 때가 그다지 멀지 않다는
것을 안다. 맑게 갠 오늘, 그들의 무덤을 손보러 가야지.
낙엽은 우리 집 정원과 마찬가지로 그 사람들의 무덤도
뒤덮고 있으리라."[6]

6　나가이 가후, 정병호 옮김, 『강 동쪽의 기담』(문학동네, 2014), 112~113쪽.

나는 내가 여러 번 읽은 이 글이 누군가에게는 단순히 소설의 한 대목으로 읽힐 수 있다는 걸 안다. 별것이 아니면 별것이 아닌 것이고, 별것이라면 별것이 될 수 있는 것이 소설이 아닌가.

에필로그

아침이면 제일 먼저 베란다 문을 활짝 열어 두고 밥을
짓기 시작한다. 반찬도 몇 가지 없고 그리 대단한 밥상도
아니지만 나는 오히려 그 점이 마음에 든다. 이것만으로도
충분하다는 생각이 드니까. 요즘 쓰는 일기에는 전부 그런
이야기들뿐이다. 아침에 무엇을 해 먹었는지에 대한 이야기.
어떤 것을 먹었고 어떤 것에 대해 이야기를 나누었는지에
대한 간단한 이야기.

9월 28일, 출근했음. 샌드위치를 만들어 먹었음. 간식으로
포도를 먹었음. 커피는 마시지 않음. K와 전화하다가 2시
전에 잠들었음.

이런 간단한 이야기가 적힌 일기를 볼 때마다 나는
내가 조금은 마음에 든다. 더 이상 어떤 어렴풋한 상태에

대해 말하지 않으니까. 어떤 흔적에 대해 남기려고 애쓰지
않으니까.

요즘은 휴일이면 꿈도 꾸지 않고 11시까지 잠을 잔다.
꿈을 꾸더라도 어떤 꿈을 꾸었는지 기억이 나지 않고 그
꿈을 기억해 내기 위해 골똘해지지도 않는다. 요즘 나는 잘
굴러가는 인간 같다.

작년 5월, 마지막으로 소설을 쓰고 그 이후에는 쓰지
않았다. 여전히 시간이 조금 더 필요하다는 생각을 했다.
소설을 쓰고 만드는 데 있어서 드는 생각들을 재고하고
싶었다. 소설 안에서든 소설 밖에서든 어떤 생각을 갖는
순간, 그 순간에 머물게 되는 것이 이제는 조금 무서웠다.
조금 더 담담한 사람이 될 수 있기를, 조금 더 무딘 사람이 될
수 있기를 바랐다.

산문에서 쓴 이야기들과 다르게 지금은 새로운 몸으로
이사 온 사람처럼 굴지만 언젠가 또다시 그런 상태로 돌아갈
수 있음을 나는 안다. 지금 잠시 여기에 있을 뿐, 나는 언제고
다시 그곳으로 돌아갈지 모른다. 그런데 한편으로 그런 때가
다시 온다고 하더라도 어쩐지 괜찮을 것 같다는 생각도 든다.
그곳으로 돌아가는 것을 완전히 환영하지는 못하겠지만 그
전처럼 미워하지 않을 수 있겠다는 생각이 드니까. 그곳으로
다시 돌아간다고 해도 베란다를 열어 놓고 바람을 맞고

단출하게 무언가를 쓰는 인간이기를.

산문집을 엮으면서 너무 개인적인 이야기가 아닐까, 하는 걱정과 불안이 동시에 따라다녔다. 이 글을 읽는 사람에게 나는 무엇을 줄 수 있을까, 하는 생각이 머릿속에 항상 의문점으로 남아 있었다. 아무것도 줄 수 없다, 는 생각이 들면 하루종일 주눅이 든 채로 어딘가를 걸어 다녔다. 산문을 쓰면서 가장 많이 한 일은 내가 예전에 쓴 소설들을 들춰보는 일이었다. 길게는 7년 전, 짧게는 2년 전에 쓰인 소설들이었다. 거기에서 발견한 것은 여전히 부끄러움을 타고 있는 나였다. 무엇이 그렇게 부끄럽고 무엇이 그렇게 엉성했는지, 지금 그 지점을 완전히 타파했다고 단언하지는 못하겠지만, 그래도 그런 지점들이 보일 때마다 나는 그때의 나처럼 웃었던 것 같다. 아무도 없는 곳에서 괜히 손으로 입을 가려 가면서.

나는 늘 소설이 나에게 가장 단순한 것이라고 생각했지만 뒤돌아보면 오히려 나에게 가장 복잡한 숙제였다는 것을 알게 된 것 같다. 늘 싫다와 좋다를 번복하며 말해 왔지만 시간이 지난 지금 나는 소설을 전보다 조금 더 좋아하게 된 것 같다. 이다지도 별로인 내가 그래도 나를 그대로 바라볼 수 있었던 이유 중의 하나가 소설이었다는 것을, 나는 잠깐 잊고 있었던 것 같다.

주저하고 고민할 때마다 좋은 이야기를 나누어 준 김화진 편집자님께 감사하다고 말하고 싶다. 주변을 지켜 주며 응원해 준 친구들에게도 마찬가지. 나를 사랑해 주었던 누군가들에게 언젠가 그 마음을 돌려줄 수 있는 때가 오기를 기다린다. 어설프지만 나는 여전히 남몰래 사랑에 애쓰고 있다. 언제 다시 돌아갈지는 모르지만, 지금 내가 있는 지옥은 동전이 든 주머니처럼 조금은 가볍다.

2023년 1월
김남숙

매일과
영원

가만한 지옥에서 산다는 것

김남숙 에세이

1판 1쇄 찍음 2023년 1월 6일
1판 1쇄 펴냄 2023년 1월 20일

지은이 김남숙
발행인 박근섭·박상준
펴낸곳 (주)민음사

출판등록 1966. 5. 19. 제16-490호
주소   서울시 강남구 도산대로1길 62(신사동)
        강남출판문화센터 5층(06027)
대표전화 02-515-2000 | 팩시밀리 02-515-2007
홈페이지 www.minumsa.com

ⓒ김남숙, 2023. Printed in Seoul, Korea

ISBN 978-89-374-1953-9 (04810)
ISBN 978-89-374-1940-9 (세트)